講談社文庫

戦《いくさ》百景

桶狭間の戦い

矢野 隆

講談社

永禄3年（1560年）桶狭間の戦い 進路図

（制作）ジェイ・マップ

戦《いくさ》百景

目次

戦《いくさ》百景　桶狭間の戦い

序

臭い。

織田上総介信長《おだかずさのすけのぶなが》は鼻筋に皺《しわ》を走らせ、行く末をにらみつけた。

汗にまみれた湯帷子《ゆかたびら》を荒縄で乱暴に結び、伸びに伸びた髪は後ろで束ねて萌黄《もえぎ》の糸で括《くく》っている。腰の荒縄には火打ち袋など、いろいろな物をぶら下げていた。

「き、吉法《きっぽう》……。いや、信長様っ」

大股で歩く信長に追いすがるようにして、白髪の男が額に汗を滲《にじ》ませている。傅役《もりやく》の平手中務《ひらてなかつかさ》だ。この男は焦《あせ》ると幼名で呼ぼうとする。昔のことが忘れられないのだ。いつも途中で気付いて言い直すのだが、それがまた信長にとっては腹立たしい。

「ここがどこかおわかりでございましょう」

「わかっておる」

大仰《おおぎょう》に腕を振るって歩く信長の拳《こぶし》が、足を前に進めるたびに平手の胸を叩《たた》く。打たれていながら律しもせずに、老いた傅役は必死に主を立ち止まらせようとする。信長自身、己が腫《は》れ物であることなど重々承知しているのだ。腫れ物ならば腫れ物として扱ったらよいではないか。遠慮などするなと言いたくなる。言いたくなるから、余計に腹立たしい。

山門を潜《くぐ》る前から、坊主たちの読経《どきょう》の声が喧《やかま》しい。正直、平手のささやき声など、耳を傾けなければ聞こえないのだ。坊主どもの声が、盛大に焚《た》かれている香の臭いともに、信長の苛立《いらだ》ちを逆撫《さかな》でし続けている。正面を見据えて歩いていなければ、平手を殴り飛ばしてしまいかねなかった。殴ってやっても良いのだが、抑えているのは父のためである。

父が死んだ。

先年、今川《いまがわ》との戦に敗れてから、すこし弱ったとは思っていたが、まさか死ぬとは思っていなかった。流行《はや》り病であるという。那古野《なごや》の城を与えられ離れて暮らしている信長が、そのことを知ったのは死後のことだった。

嫡男。

父が死ねば己が織田家の家督を継ぐことになる。

この腫れ物がだ。

己が家督を継ぐことを喜ぶ者など、家中には一人もいないことを信長は知っている。那古野のうつけとは誰のことかと尋ねれば、那古野の城下だけでなく、尾張《おわり》じゅうの者が信長だと答えるだろう。それほど、信長の悪名は知れ渡っている。

別段、なにをしたというわけでもない。

若い家臣たちを連れて、城下を気ままに練り歩き、喰いたい物を喰い、腹が立ったら喧嘩《けんか》をする。この格好も、動きやすいからしている。

それのなにが悪い。

周囲の者たちは、そんな信長の気ままな振る舞いを許さなかった。織田家の嫡男として恥ずかしくない振る舞いをせねばならぬなどと、目の前で小言を言うのは平手くらいのもので、他の者たちは放埒《ほうらつ》な信長の様を横目で見て、通り過ぎてから悪《あ》しざまな陰口を叩くのだ。

なにを言うか。

なにが織田家の嫡男だ。しょせんは守護代の家老の家ではないか。尾張国の守護である斯波《しば》家に仕える守護代織田大和守《やまとのかみ》家の分家。織田大和守家の三奉行のひとつ。それが信長の生まれた織田家である。祖父の代に津島《つしま》を支配し、港の商人たちから銭を吸い上げることで、父の頃には主家をも凌《しの》ぐほどの力を得たとはいえ、やはり分家は

分家でしかない。嫡男としての振る舞いなどと大仰に構えるほどの家ではないと、信
長は常々思っている。

「上総介殿っ！」

胴間声《どうまごえ》とともに、目の前に巨大な岩が立ちはだかった。ごつごつとした岩に、黒々とした髭《ひげ》がぼうぼうと生えている。柴田権六《しばたごんろく》。弟に仕える男だ。戦場では鬼のような働きをするという。こうして間近に立ってみると、息が止まりそうになるほどの圧を感じる。噂もまんざら嘘ではないと思わせるだけの気を、権六はその巌《いわお》のごとき体に蓄えていた。

不意に前に立たれ、信長は足を止めた。口をへの字に曲げ、鬼瓦《おにがわら》のような面《つら》を下から見上げる。

「そのような御姿で参られたのでござるか」

なんとも間抜けな問いではないか。

このような姿で参ったから、権六の目の前に立っているのだ。問われた方も答えに困るではないか。だから信長は無言のまま、厳《いか》つい顔をにらみつける。

「し、柴田殿これは……」

「黙れ」

言い訳を口にしようとした平手を止める。どうせ卑屈な泣き言を並べたてるだけなのだ。弟の臣に、へりくだる必要などどこにもなかろうに、平手は信長の行いは己の行いだとでも言うように相手に必要以上に頭を下げる。その行いが、無言のうちに信長自身を非難していることに平手は気付いていない。平手が汗みずくになって信長のことを誰かに謝る時、平手自身が信長をどう思っているのかがその言葉や所作に滲みでているのだ。

愚かな主で申し訳ありませぬ。このように育ってしまったのは、傅役である己の失態にござります。主の非礼、某《それがし》に免じてどうかどうかお許しを。

誰が頼んだ。

臭い。

香の臭いがたまらない。堂宇《どうう》は目の前、権六の背後には堂内へとつづく階段がある。坊主どものなにを言っているのかさっぱりわからぬ声は、もはや耳を覆《おお》ってもなお掌を突き破って頭を揺さ振ってくるほどに大きく鳴り響いている。

視界がぐらりと揺れた。

「いかがなされた信長殿」

権六の顔が歪《ゆが》む。

右手が腰に動く。

「殿っ！」

平手が叫ぶ。

信長は我に返った。いつの間にか太刀の柄を握りしめようとしていた。しかし山門を潜る時に、刀物は全部あずけている。

「上総介殿」

殺気を気取《けど》った権六が、総身に剣呑《けんのん》な気をまとう。信長は腰から手を放し、荒武者をにらむ。

「退《ど》け」

「よもや、本当にそのような御姿で……」

問答無用。

右手で分厚い胸板を突く。殴ったわけではないから、権六は微動だにしない。恐らく信長が全力で殴ったとしても、この男はびくともしないだろう。胸に手を置いたまま、瞳に殺意を宿らせる。

「退けと申しておろう」

「し、しかし」

胸に当てた手に力を込める。

「退け」

ぐいと押す。

「上総介ど……」

「退け」

押す。

「退け」

退かねば殺す。刀など無くとも殺《や》る。

信長は本気だ。

権六が目を閉じた。

「どうなっても知りませぬぞ」

溜息混じりに言うと脇に退いた。信長は権六の方を見もせずに、段の先を見据え、一歩踏み出す。一段一段嚙み締めるように上がって行く。もう、坊主どもの声は、音ではなく大波となって信長を包んでいる。

本堂に立つ。

すでに階下での騒ぎを耳にしていたのであろう。皆の怪訝《けげん》そうな目が、信長に集中する。母や兄弟たち。そして大和守をはじめとした守護家に仕える武士たちが並んでいる。それに向かい合うようにして、父の家臣たちが座っていた。坊主たちの声に負けぬくらいのざわめきが、参列する者たちから上がっている。

だが。

信長はその一切に目をくれない。

目がちかちかするような金色の帽子を付けた坊主が座る先。香が焚かれている経机のむこうに鎮座している位牌を見ていた。父は死して木ぎれとなった。これが人のなれの果てならば。

なにが……。

仏か。

なにが……。

仏法か。

なぜ父は死んでしまったのだ。

こんな時に。

怒りとともに歩む。己を律する声が上がるが、信長の耳には入らないし、気にも止めない。

「御主は嫡男ぞ。儂《わし》の跡を継ぐのは御主以外におらぬ。誰がなんと言おうと、儂が死んだ後の織田家の惣領《そうりょう》は御主じゃ信長。わかっておるな」

まるで隣で言われたかのように、父の言葉が聞こえてきた。

父だけが。

己を心底からわかってくれていたと、信長は思う。何故《なにゆえ》かはわからない。それほど深く接したおぼえもないし、激しく怒られたこともない。

でも、信長はそう思うのだ。この男だけは、己のことをわかってくれていると。

生前、父は信長の悪行を聞かされた時、決まって大声で笑っていたという。どれほど皆が窘《たしな》めるようにと進言しても、適当に受け流してうやむやにしていたらしい。

織田家の惣領は御主だ。

心底からそう言ってくれるのは、家中でただ一人、父だけだった。

その父が死んだ。

まだ信長には惣領になるだけの自信も自覚もない。

何故なら。

今、信長に悪しき目を向けている者たちが、家臣となるのだ。

まわりは敵だらけ。なのに、父の助けはない。

経机の前に辿《たど》り着く。

位牌を睨《にら》みつけた。あの世での父の名が刻まれている。そんな名は知らない。信長の父の名は織田弾正忠《だんじょうのちゅう》信秀《のぶひで》ただひとつ。

「なんじゃっ！」

抹香をむんずとつかむ。

「なんで死におったっ！」

生きていてくれ。

「なんで死んだのじゃっ！」

嘘だと言ってくれ。

「たわけがっ！」

父上。

知らぬ名が刻まれた位牌に、激しい怒りとともに抹香を投げつけた。

壱　今川治部大輔義元

花の香を運ぶ風が、今川治部大輔義元《じぶのたゆうよしもと》の頬を撫でた。

甘い匂いに誘われ、開け放たれた障子戸《しょうじど》のむこうに目をむけると、蒼天《そうてん》を映す大池のほとりの桜が今が盛りとばかりに花をつけている。その薄桃色の屋根の下で、小さな草花たちが苔むした地を埋め尽くさんとするように咲き乱れていた。

「日一日と温くなりまするな」

庭から射し込む穏やかな陽光を褐色の面に受けながら、義元の右手に座る男が言った。座のなかでは一番若いその男は、年嵩《としかさ》の二人を前にしても物怖《ものお》じすることなく、顎《あご》にたくわえた強毛《こわげ》を太い指でつまみながら笑っている。獣じみた厳めしい視線を正面から受け止め、義元はゆるりと笑う。

「まったく。朝晩はまだ風は冷たいが、海に近き駿河《するが》は昼の陽の下ともなれば、衣の下にうっすらと汗が滲みまする」

「羨《うらや》ましきことよ。山深き甲斐《かい》ではそうもゆかぬ。まだ山には雪が残っておるでな」

そう言って男が閉じていても大きな口を、おどろくほど大きく開き、黄色い歯を露《あら》わにして笑った。その豪快な様を、もう一人の男が眉間《みけん》に皺を寄せ、横目で見ている。細い目の奥に光る瞳に、嫌悪の情が滲んでいた。

三人は互いが三角の頂となる形で座っている。上座も下座もないようにという、この場を設《しつら》えた者の気配りであった。

広間の真ん中に座している三人以外に人はない。

春の柔らかい風を受け、義元は頰を緩める。そして、眉間に皺を寄せる男を見てゆるやかに口を開いた。

「此度《こたび》、氏康《うじやす》殿の御息女、早川《はやかわ》殿と我が子、氏真《うじざね》との婚儀を以《もっ》て、我等三国の盟約が成った。この義元、幾万の味方を得た心地にござる。まずは御二人に礼を申したい」

深々と頭を下げる。

「甲斐、駿河の憂いが無くなり、坂東《ばんどう》に力を注ぐことができる故、北条《ほうじょう》にとってもこれ以上無き盟約にござる。頭をお上げくだされ義元殿」

眉間に皺を寄せる男、北条氏康はそう言って、身をわずかに乗り出し手を掲げた。

「そうじゃ。礼を言わねばならぬのは、儂等のほうじゃ。のぉ氏康殿」

先刻、豪快に笑った男が、腹から気を吐くようにして言うと、それまで穏やかに流れていた風が不意にびりと震えた。花の香に束の間、獣の臭気が混じったような心地がして、義元は伏せた顔を少しだけ歪める。しかし、氏康の手に誘われるようにして上げた時には、少しの悪意も面《つら》の皮に留めてはいない。

「晴信殿《はるのぶ》にそう申されると、我が娘を嫁に出した甲斐があったというもの」

「甲斐だけにな」

そう言って甲斐、信濃《しなの》の領主、武田《たけだ》晴信はまた豪快に笑った。義元の娘は、晴信の息子、義信《よしのぶ》の嫁である。大名家同士の婚姻だ。当然、盟約の質《しち》である。氏康の娘が、義元の子、氏真の嫁として今川家に入ったのも、北条家からの盟約の証《あかし》の質としてであった。

晴信の娘は、氏康の子である氏政《うじまさ》に嫁いでいる。つまり、三者の娘と息子が互いに婚姻をし、三国が盟約を結んだのだ。

そしてこの日。

三国の主が駿河国善得寺《ぜんとくじ》で一堂に会した。

甲斐信濃の主、武田晴信。相模《さがみ》を本拠とし、関東一円に広大な版図を得る北条氏康。そして、駿河、遠江《とおとうみ》を領し、三河《みかわ》をも支配下に置く今川義元である。

「幾度も刃を交えた我等が、縁者としてこうして顔を合わせることになろうとは、思うてもみなんだわ」

一番若い晴信は、声高に笑うと不機嫌そうに顔をしかめる氏康を見た。

「先刻からずっと顰《しか》め面じゃな氏康殿は」

齢《よわい》四十。一番年嵩の関東の雄は、右の眉尻を思い切り吊り上げて、若き甲斐の虎を見据えた。小田原の潮風を受け黒く焼けた顔には、気難しそうな皺が縦横に刻まれている。河越《かわごえ》での夜戦によって、足利《あしかが》将軍家の威光を受けた関東管領山内上杉《やまのうちうえすぎ》家の上杉憲政《のりまさ》、扇谷《おうぎがやつ》上杉家の上杉朝定《ともさだ》、古河公方《こがくぼう》、足利晴氏《はるうじ》らを退け、関東の覇権を握った。とはいえ、関東を平らげんとするこの男の周りは、今なお敵だらけだ。彼の顔に刻まれた皺は、日々の苦悩の顕《あらわ》れである。

一際深い目尻の皺をひくつかせ、氏康が晴信に重い声を投げた。

「縁者になったとはいえ、我等が他家であることには変わりはない。ともに舅《しゅうと》にはなったが、いつまた相争う仲になるやも知れぬのだ。馴《な》れ合うこともなかろう」

「そのような無粋《ぶすい》なことを、今この場で申すこともなかろう」

「不倶戴天《ふぐたいてん》。それこそ、戦国で一国を領する者の矜持《きょうじ》であろうぞ」

「なれば何故、我等との盟約を為さんと欲されたのだ」

「坂東を平らげることに注力するため、後背の備えを整えたまでのこと」

「そは儂も同じぞ。氏康殿と義元殿との縁を結んだことで南から攻められる心配はなくなった。これで越後《えちご》の長尾《ながお》景虎《かげとら》を存分にいたぶることができますわい」

言って晴信がまたも豪快に笑う。この男は陽の気の塊《かたまり》だ。頑強な四角い顎から発せられる声には覇気が満ち、太く引き締まった逞《たくま》しい肉が、衣を纏《まと》ってもなお存分に主張している。見開かれたつぶらな瞳から放たれる光には、人を惹《ひ》きつける色気が滲む。甲斐国の守護である武田家を長年悩ませ続けてきた国人勢力を、その豪快な腕力で束ね上げた父を、その国人たちからの懇請を受けて退けたというのもうなずける。武田晴信という男は、なんとも言えぬ威容を誇る武人であった。

「のぉ義元殿」

顰め面の氏康と語っていた晴信が、ぎらついた目を義元にむけた。圧の強い脂《あぶら》ぎった顔は、正視していると息が詰まりそうになる。だが義元は、氏康のように嫌悪を顕わすでもなく、だからといって好意を示すでもなく、薄い笑みを口許《くちもと》に湛《たた》えながら、甲斐の若き虎を見据えた。

「義元殿も我等との縁組によって、北と東から攻められる恐れが無くなった。これで心置きなく、西へと兵を進められまするな」

「我等は……」

つぶやき、晴信から目を逸《そ》らし、顰め面に微笑む。氏康は小さな息の塊を鼻から吸って背筋を伸ばした。

風が甘い香りを運んでくる。

義元はいっそう顔をほころばせ、二人に語りかけた。

「我等は氏康殿の申される通り、不倶戴天の敵だと心得、長年戦って参り申した。多くの兵を失い、城を奪い、奪われた」

氏康は険しい目付きのまま黒光りする床を睨みながら、晴信は真正面から義元を見つめながら、いずれも口を固く結んで聞いている。

「しかし、大名は必ずしも倶《とも》に天を戴かぬとは限りますまい」

「それはどうであろうな」

先刻まで氏康と言い合っていた晴信が、義元の言に首を傾《かし》げた。赤い大紋の袖を派手にひるがえしながら腕を組み、強毛を豪快に震わせる。

「たしかに今は各々の敵を打ち果たすために手を組んではおるが、氏康殿の申される通り、いつまた相争う仲になるか解らぬ」

「だから我が申したであろう。馴れ合いは無用だと」

「ま、まぁ、それはですな」

話の流れで妙な立場になってしまった晴信が、口をへの字に曲げて口籠《くちごも》った。

義元はいっこうに顔色を変えず、二人に微笑み続ける。

動じない。

揺るがない。

細く白い右の塩嘗め指を天に掲げ、義元は優しく語りかける。

「我等は何故、相争うておるのであろうか」

「そはまた面妖な問いでありまするな」

黒々とした太い眉を歪め、若き虎が掠《かす》れた声を吐く。相模の雄は褐色の肌に刻まれた深い皺を歪めて瞑目《めいもく》し、溜息を吐《つ》いた。呆れをあからさまにしたその態度に、晴信が同調するように、口の端を悪戯《いたずら》に吊り上げる。そして胡坐《あぐら》の上の体をぐいと乗り出し、義元の顎先に鼻っ面を突き付け、下から仰ぎ見た。

「敵がおるからに決まっておりましょう」

「敵……。でござるか」

「そうじゃ敵じゃ。我等は国を持っておる。民がおる。家臣どもがおる。兵がおる。銭も米も、人よりは多く持っておる。それ故、羨まれ、奪われる」

儂等には敵が多い、と吐き捨てた晴信は、背筋を伸ばし、隣に座る氏康を見た。

「戦わねば奪われる。のぉ氏康殿。其方《そなた》も河越にて大勝せねば、足利、上杉に尻の毛まで抜かれておったよな」

「ふんっ」

歪めた頬に侮蔑の色を滲ませ、氏康は鼻で笑い義元に語る。

「我等が争うは定めなり。そこの若僧が申す通りじゃ。戦わねば奪われる。それ故、戦う。奪われる前に奪う。それが戦国の理《ことわり》ぞ。何故、相争うのかなどと問うは愚の骨頂。これまで幾度となく刃を交え、一廉《ひとかど》の男であると見定めておった其方から、そのような蒙昧《もうまい》な言葉を聞くとは思うてもおらなんだ。もうここらで良かろう」

「待たれよ」

腰を上げ場を離れようとした氏康を、義元は穏やかな声で止めた。威圧の意はまったくない。いっさいの情動の籠らぬ声であった。

しかし氏康は立つのを止めた。腰を床からわずかに浮かせ固まっている。そのまま、義元の青白い顔を注視している。晴信は二人の遣り取りを、固唾《かたず》を呑《の》んで見守っていた。緊張で顔を引き締める二人とは違い、義元は頬を緩め微笑のままである。

「話は終わっておりませぬ」

「これ以上、無駄話をだらだらと続けたところでなんになる。顔合わせは終わった。其方の懐刀《ふところがたな》の顔もこれで立ったであろう」

この場を取り持ったのは、義元の腹心である。氏康はそのことを言っていた。

義元は声を吐く。

「いやまだ」

「なにが申されたい」

「もしも」

義元はゆるりと目を見開く。元来、目は細い。そのため、一重瞼《まぶた》の奥に宿る瞳の色を余人に窺われることはない。義元の心を瞳から読み解くことができる者は、この世にただ一人だけだ。

あえて目を見開き、瞳に心を宿らせ、二人に曝《さら》け出す。

覇気でも、邪気でも、殺気でもない。

我……。

今川義元という男そのままを、ありのまま瞳に宿らせる。

おもむろに氏康が尻を床に落ち着けた。

晴信は義元の目に見入っている。晴信が被る烏帽子《えぼし》の縁から流れた汗が、額を伝い鼻の脇を抜けて強毛のなかに消えるのを、義元は克明に見届けた。

「もしも、我等の上に天下があれば、どうであろうか」

「天下……」

晴信のつぶやきに、義元は笑みのままうなずく。

「そは将軍ということか」

さすがは一番年嵩である。義元の意を察し、氏康が相槌《あいづち》を打った。

「その通り。将軍が将軍として我等の頭上にあれば、それでも相争うであろうか」

「将軍など当てにならん故に、我等は我等でやって行かねばならぬのではないか」

晴信が吐き捨てる。

甲斐の若虎が言う通り、都にいる将軍は阿波《あわ》の三好《みよし》家との争いに終始し、天下を治めるような力などとっくに失ってしまっている。将軍の威光がこの国から消え、八十年あまり。日《ひ》ノ本《もと》をあまねく照らす天下の威光を信じる大名など、もはやこの世にはいない。

「義元殿は……」

顰め面のまま氏康が切り出す。無言で義元は受ける。

「将軍家の復権を望んでおられるということか。そのために、我等と縁を結び、西へと力を注がんとしておられるということか」

「足利絶えなば吉良《きら》が。吉良が絶えなば今川が。で、ござりましたか」

晴信が小声で問う。義元は答えず、眉ひとつ動かさない。

足利将軍家は、今川家と縁続きだ。

初代将軍、足利尊氏《たかうじ》の五代前の惣領、義氏《よしうじ》の子であり三河吉良庄にて吉良家を起こした吉良長氏《おさうじ》の次子である国氏《くにうじ》が三河今川庄に住み、今川を名乗ったことから、今川家は始まる。そのため、足利家の血筋が絶えた場合には、吉良家の者が将軍家を継ぎ、吉良家も絶えれば、今川家から将軍をと、初代将軍尊氏は言い遺したという。

「まさかな」

氏康はなにかを思いついたようにつぶやいてから、ひとり笑った。目を閉じ、幾度か首を横に振る。

「それはない。在り得ぬわい」

「どうなされた氏康殿」

これみよがしにつぶやく氏康に、晴信が苛立ちを投げる。

「在り得ぬから、口にするのも馬鹿馬鹿しいわい」

「なんじゃそれは」

口を尖《とが》らせる晴信の目が、義元にむく。

「義元殿は、まさかみずから将軍になろうと思うておられるのではあるまいな」

氏康が馬鹿馬鹿しいとして口に出さなかったことを、若き虎は獣じみた勘働きで見抜いて不躾《ぶしつけ》に言葉にしてみせた。

あまりにも清々《すがすが》しい闊達《かったつ》さに、義元は思わず声を出して笑ってしまった。

「なにが可笑《おか》しい」

怒りすらも包み隠さず露わにする晴信に、義元はますます破顔してしまう。

「他意はない。不快な思いをなされたのなら謝りまする。この通り」

深く頭を垂れた。

「そのようなことは良いから、儂の問いに答えてくだされ」

将軍になるつもりか……。

目の前の男達は己の行く末をどう捉えているのだろう。国を治め、多くの家臣を従え、時に他国を侵略するのは、いったい何のためか。義元は不審に満ちた二人の顔を視界に同時に収める。

風が。

花の匂いを運ぶ風が、白い頰を撫でた。今川家の紋である足利二引両《にびきりょう》が染め抜かれた大紋の襟口に軽く触れ、義元は薄桃色の唇を緩やかに揺らす。

「争い、奪い、勝ち続けた先になにがあるのか。御二人は思うたことはござらぬか」

「それが将軍だと」

目尻の皺を深くして氏康が問うのに答えずに、義元は若き虎に問う。

「晴信殿はなにがあると思われまするか」

「さて。父との争いに打ち勝ち武田家の惣領となり、諏訪《すわ》を倒し信濃の過半を手に入れたら、今度は北信濃の村上《むらかみ》が相手となり、大敗も味わったが、なんとかこれも退けた。村上が越後に逃げおった故、今は毘沙門天《びしゃもんてん》の化身などと抜かしておる下郎と争うておる。目の前の面倒事に必死で、そのようなことを思う暇《いとま》などありはせぬわい」

そこまで言って、晴信は唇をへの字に曲げた。悪意を示していながらも、誠実な答えである。この男の気性は嫌いではないと、義元は思う。

「氏康殿はいかが」

「まずは儂の問いに答えてからじゃ」

気難しい。その一語に尽きる。話の流れのまま行けば、氏康が語れば良いだけのこと。みずからの問いを聞き流されたことにこだわる必要など無いと義元は思うのだが、この相模の男は違うらしい。

「勝ち続けた先に、将軍を見ておるのか」

「だとすれば如何《いか》に」

微笑のまま答えた義元に、氏康は目を細めて瞳に邪気を宿した。

「そは、今川家の棟梁《とうりょう》だからか。足利家と縁続きである故、みずから将軍の座に座らんとしておる。そういうことか」

「この義元、将軍になるなどと申した覚えはありませぬ」

「言ったではないか」

「いや、義元殿は申されておらぬ」

子供のような水掛け論を仕掛けようとした氏康を、晴信の張りのある声がぴしゃりと制した。氏康が義元にむけていた嫌悪の眼差しで、甲斐の若虎を射る。しかし豪胆な若虎は、どこ吹く風で微笑の今川家惣領に声を投げた。

「将軍が力を持っておれば我等が相争うことはない。そう義元殿が申されたのを、氏康殿が義元殿みずから将軍になるつもりかと問うたのでござりましょう」

「儂が将軍になるつもりかと問うたら、なると申したではないか」

「だとしたら如何にと、氏康殿に問われただけにござる。義元殿は将軍になるとはひと言も申されておらぬ」

「しかし、義元殿の申されようは、みずから将軍になられると言っておるも同然であろう」

「どちらでも良い」

不毛な二人の遣り取りを、義元は涼やかな声で止めた。

「この義元が将軍になるならぬなどどうでも良いこと。それよりも氏康殿。勝ち続けた先になにがあるのかと、思いを巡らせたことはおありか」

「何故、そのようなことを」

褐色の額に脂汗を滲ませ、氏康が声を震わせる。

風が止んだ。

義元は懐の檜扇《ひおうぎ》をひらりと開き、緩やかに顔を扇ぐ。

「我等は何故戦うのか。戦って戦って、日ノ本じゅうの敵を倒した後に、いったいなにが残っておるのであろうか。氏康殿はどう思われるのか。この義元、氏康殿の口から聞きたい」

「か、考えたこともないわ」

重々しい声が揺れていた。食いしばった歯が、黒い肌のなかで輝いて見える。

「そこの若い武田の惣領と同じよ。長年、我が北条家を悩ませておった管領どもを退け、関東の支配に乗り出さんとしておる時じゃ。その先のことなど思うてどうする。獲らぬ狸のなんとやらじゃ。眼前の敵を死に物狂いで討ち果たすこと以外に、我等が思うことなどなかろう」

「悲しきことにござりまするな」

「なんじゃと」

義元のつぶやきに、氏康はこれまでで一番の怒りを帯びた声を吐いた。小鼻をひくつかせ食いしばった歯を鳴らす姿は、いまにも立ち上がって飛び掛からんとするかのよう。あまりの氏康の猛《たけ》りぶりに、晴信は目を輝かせている。遊びの種に触れるように、甲斐の若虎は年嵩の武士に声を投げた。

「少し落ち着かれたらどうじゃ」

「若僧は黙っておれ」

肩をすくめて義元を見て、晴信は口をつぐんだ。

「悲しいとはどういう意味ぞ」

氏康の目は義元しか見ていない。みずからが連ねた言葉で見境を失っている。

「そのままの意味でありまするが」

「儂のことを申しておるのか」

「争いのための争いは、新たな争いを生むばかり。それが悲しいと申したまで」

「御主はたしか若き頃は坊主であったな。その回りくどい物言い、抹香臭うてたまらぬわ」

氏康が言う通り、義元は僧であった。梅岳承芳《せんがくしょうほう》。それが僧の頃の義元の名だ。今川家の惣領であった父の五男に生まれた。本来、惣領は長兄が務めるはずだった。実際、長兄は今川家を継いだ。が、死んだ。そして義元は還俗《げんぞく》し、同じく僧籍から還俗した兄、玄広恵探《げんこうえたん》との戦いを得て、今川家の家督を継いだのである。

「たしか其方の懐刀は、僧の頃の師であったな」

三国の和を成した男は、たしかに義元の幼き頃よりの師だ。彼は還俗せぬまま、今川家の重臣となり、今も義元に仕えている。

「童《わらわ》の時から彼の者に仏法を説かれ、仏心が染みついておるのであろう。其方は惣領などにならず、寺に籠っておるほうが似合っておるのではないか」

先刻まで義元が将軍の座を狙っているのではと疑っていたのはいったいどこの誰であろうかと思う。しかし、そんな氏康の心の些細《ささい》な動きなど、義元にとってはどうでも良いことである。

檜扇を閉じ、褐色に染まった氏康の面に突き付け。

説く。

「生きるために戦い。敗者より奪う。それは戦国の理。別にそれを間違いなどと申すつもりは毛頭ない。だが、行く末を思わずして、ただ闇雲に眼前の敵と戦うだけが、我等の成すべきことであるとは、この義元には到底思えぬ」

「大層な御託を並べておるが、所詮其方も我等と同類であろう。大仰なことを申しておっても、結局は松平《まつだいら》を抱き込み三河を呑み、尾張へと矛先《ほこさき》をむけんとしておるのであろうが。其方もまた争いを生む元凶の一人であろう」

「その通り」

はじめて氏康が正鵠《せいこく》を射たことを言ったのが嬉しくて、義元はついつい声を弾ませてしまった。面食らった相模の雄が言葉を詰まらせると、甲斐の若虎が思わずといった様子で噴き出した。しかし氏康はそれを見咎める余裕すらなく、正面に据えた義元の白い顔を呆然と見つめている。

「この義元もまた、争いを生む者である。だからこそ、争いの辿り着く先を誰よりも思わねばならぬと心得ておる」

氏康と晴信を交互に見遣り、言葉を連ねる。

「御二人も同様。我等は争いの行く末を思わねばならぬ。そして……」

氏康の鼻先に突き付けていた扇を、開け放たれた戸のむこうに広がる庭にむける。

「天下を思わねばならぬ」

「天下……」

若き虎が熱を帯びた声でつぶやく。義元はうなずいて、扇の先で蒼《あお》き天を指す。

「兵を成し他国から奪うは盗人《ぬすっと》も同然。我等は盗人であるべきか。それとも、民を統《す》べる者であるべきか」

「綺麗事じゃ」

胡坐の膝《ひざ》を叩き、氏康が吐き捨てた。

「他国の者を殺し奪うのじゃ。其方の申す通りなら、我等は盗人のなかでも下の下であろう。だが、そうせねば家臣領民を食わせてゆけぬ。他国に攻め込み、米を奪い家を焼く。敵の兵を殺し力を削ぎ、城を奪う。そうして領国を広げてゆくことで、儂等は皆を食わせておる。それを盗人と申すなら、儂は盗人で構わぬ」

所詮は成り上がり者の裔《すえ》か。

義元は笑みを張りつけた面の皮の下に、落胆の色を浮かべた。

北条などと名乗ってはいるが、氏康の祖父が都から駿河へ降り、伊豆《いず》にて旗を挙げたことから始まっている。北条と名乗り始めたのは氏康の父の時からだ。それまでは伊勢《いせ》と名乗っていたそうである。

今川のような足利家に連なる名家ではない。それ故か、いくら代を重ねようとも、心根に下剋上の気質が刻まれている。

「たしかに氏康殿の申されることにも一理ある」

強毛の下の目を伏せながら、晴信がつぶやき、続ける。

「我等はたしかに盗人やも知れん。だが必ずしも己に利することのみのために、他国を侵しておるわけではない。家臣のため民のため、我等は盗んでおる。盗人でも下の下であるというのは、ちと違うような気がするが」

甲斐武田家といえば、源《みなもと》家の名門である。祖は八幡太郎義家《はちまんたろうよしいえ》の弟、新羅三郎義光《しんらさぶろうよしみつ》。れっきとした源氏である。血筋としては今川家にも引けを取らない。

なのに。

晴信も届かぬか。

義元の落胆は募る。

「儂はのぉ」

甲斐の若虎が髭の先を指先でつまみながら、想いを紡ぐ。

「氏康殿の申されることもわかるが、義元殿の言うこともわかる。我等は家臣領民のため、盗人であってはならぬ。国を治めるとは如何なることか。争いの行く末になにがあるのか。我が事として思う必要があるとは思う」

「どちらにも良い顔をしておるようにしか聞こえぬがの」

二人から目を逸らすように庭をにらみながら氏康が吐き捨てるのを無視して、晴信は続けた。

「しかし、それは今はまだ絵空事にござろう。天下を思い、争いの行く末を思うのは、我等がもそっと力を着けてからのことではありませぬか。その時のためにも、まずは三国が各々の敵を退けることが肝要かと存じまする」

駄目だ。

この者たちとは相いれない。

「そうであるな」

笑みのまま義元は言って、そっぽをむいたままの氏康に頭を下げる。

「晴信殿の申される通りでありまする。各々の敵を退けるため、この三国の盟約、幾久しゅう続くことを願うておりまする」

溜息とともに氏康が頭を下げる気配を感じながら、義元は心を閉じた。

天の光を受け、紅に染まる水面《みなも》を眺めながら、義元は傍らに座す男の気配に声を投げた。

「届かなんだな」

「はい」

掠れた声が返ってくる。

老いた。

近頃とみにそう思う。

太原雪斎《たいげんせっさい》。まだ義元が芳菊丸《ほうぎくまる》という幼名で呼ばれていたころよりの師である。

「届かずとも良かった。そう思うておられるのでしょう」

義元の心を見透かしたように、雪斎は言った。

「うむ」

短く答える。

不意に風が吹き、紅に染まる水面を揺らした。銀の細波《さざなみ》が紅を掻《か》き消してゆく。花の香が縁に座る義元に届いた。

「今日という日を生きるために、人は必死になる。故に明日が見えぬ」

「眠りから覚めれば明日は今日となりまする。追わずとも来る明日ならば、思わずとも良い。それよりも眼前の今日を切り抜けることに心血を注ぐ。それが人にござる」

「悲しいな」

「悲しゅうござりまする」

晴信も氏康も、今日を生きる者であった。国を統べる者として明日を思うよりも先に、家臣領民を食わすため、今日だけを見て生きている。

「あの者たちもまた正しい」

「左様にござりまする」

言うと同時に雪斎が咳《せ》き込んだ。幾度か激しい息を吐き出してから、喉を整えるようにしばしの間を置き語り出す。

「今日を生きる者を嘲《あざけ》ることは誰にもできませぬ。今日を生き抜かなければ、明日は来ぬ。今日を必死に生きることこそ人の本義にござりましょう」

「この義元は違う」

「存じております」

晴信と氏康に理解されずとも、己に信を置く家臣たちに首を傾げられようとも、民から呆れられようとも、この雪斎だけは味方だという揺るぎない確信が、義元の心にどっしりと根を張っている。雪斎がともに戦うと言ってくれたから、義元は還俗し、兄と争い今川家の惣領となったのだ。そして、雪斎はあの時の約束を十八年もの長きにわたり守り続けてくれている。

「将軍などただの言葉ぞ」

雪斎に言葉を投げながら、己に語っている。そして雪斎も、そんな義元の心中を無言のうちに悟っているから無駄な相槌など打たない。

「争いの行く末に辿り着いた先で、この義元がどのような者になっておるかは己にもわからぬ。だが、行うべきことはひとつだ」

池の中央で空が啼《な》いた。

薄紫色の水面に丸い細波がにわかに起こる。旋風《つむじかぜ》が舞い上がり、薄暮の空に駈け登った。それはまるで、池中の鯉が龍となって天に昇ってゆくかのごときであった。

「天に代わりて地を統べ、この世からすべての戦を無くす。それこそが国を預かる者の務めであろう」

「まさしく」

乾いた秋風のごとき雪斎の声に喜色《きしょく》が滲んでいる。義元もつい嬉しくなって、頬をほころばせた。

「今はまだ駿河、遠江、そして三河。治めし国は三国なれど、義元は歩みを止めぬ。

かならずや戦無き世を築いてみせようぞ」

「定めを決めるは志。みずからの行く末をどこまで見定めておるか。遥か遠くを見定めておらぬ者に、天下など背負えるわけがない」

義元もそう思う。

天下。

都に兵を進め、将軍を助け、帝の信を得て位階を賜れば、果たしてそれは天下を取ったと呼べるのか。日ノ本の政をほしいままにして、諸国の大名たちを屈服せしめれば、天下人と呼べるのか。

「否……」

満開の桜花の下、苔むした地にひっそりと咲く草花へと目をむける。

「民を安んじる。衆生《しゆじよう》一切を救うてこその天下ぞ」

背後で雪斎がうなずいているのが、風の揺らぎでわかる。

父が領内にのみ効力を有する法、今川仮名目録を定めた。義元は、それに新たに二十一条を加えた。守護の権力を受け付けない守護不入を認めず、義元が介入できない地は領国にはなくなった。権力は統一されてこそ効力を有するものだ。己が領内に、不入権を行使する別の勢力がいては、領民にも示しがつかない。有力公家や寺社勢力などの権門をも支配してこそ、民を等しく統べることができる。

ゆくゆくは今川仮名目録を元にした法で、天下の政を取り仕切ってゆく。法があれば、そしてその時天下が平らかであれば、頂にいる者は己でなくともよいとさえ、義元は思っている。揺るぎない明文化された法の前では、人は等しく裁かれる。公家も武士も百姓もない。みずからの犯した罪の軽重を、法によって裁かれるだけだ。

天下あまねく法の元に治まれば、上に立つ者の優劣は問われない。

「三十六……。五十まで生きるとしてあと十四年」

「拙僧は九年も悪あがきしておりまするな」

雪斎が自嘲気味に笑う。齢五十九。老いるのも当然である。

師のつぶやきを聞き流し、義元はみずからの言葉を継いだ。

「十四年の間にやらねばならぬことが山のようにある。武田北条と盟約を結び、ひとまず北と東の国境のことを考えずにおれることが、どれほど我が道において大きなことか」

頭を回し、肩越しに師を見遣る。禿頭《とくとう》の翁は目を伏せ、足の上に組んだみずからの乾いた手を眺めていた。

「御主の御蔭ぞ雪斎」

雪斎が手を見つめたまま、ちいさくうなずいた。目を覆うほどの長い眉毛にも白いものが混じっている。本当にここ数年で驚くほど萎《しぼ》んでしまった。そんな老いた身で、武田北条との折衝に臨み、三国の盟約という大事を成し遂げたのだ。長年同じ時を過ごして来たというのに、未だにこの男には驚かされる。

「改めて申すと、なんだか御主が死ぬようだな」

「死にまする」

冗談のつもりで言った言葉に、雪斎がすかさず返した。思わず義元は体を返し、庭に背をむける。

師はすっかり萎んでしまった顔に穏やかな笑みを浮かべ、掠れた声を一語一語確かめるように連ねる。

「この度のことは、拙僧最後の務めと思い定めておりました。この度の盟約が成ったことによって、後顧の憂いは無くなり申した。これで心行くまで、義元殿の志を遂げられるものと。十四年……。十分にござりましょう。義元殿ならば必ず、争いの行く末へと辿り着けるはず」

「御主もそこにはいるのだ」

「恐らく……。いや十中八九おりませぬ」

「雪斎」

「これが最期の務めにござりまする。この後は、残された日々を花でも愛《め》でて生きたいと思うております」

「暇乞いか」

「はい」

師の返答に迷いはなかった。


三国の主が一堂に会した日から一年半ほどの時が経ち、雪斎は己が言葉に従うかのように病の床に伏した。

長慶寺《ちょうけいじ》。今川家の氏寺であるこの寺を、雪斎は隠遁《いんとん》の地に選んだ。

閏《うるう》十月の寒風が障子戸を叩く。桟《さん》が揺れる音を聞きながら、師が穏やかに眠る。義元は枕頭《ちんとう》に座し、師の寝顔を静かに眺《なが》めていた。久方ぶりに見る雪斎の顔は、骨と皮だけになっていて、二度と立ち上がることはできぬということを、残酷なまでに義元に訴えかけてくる。

「若き頃はよく二人で歩いたものよな」

善得寺で得度《とくど》した義元は、師である雪斎とともに京の古刹《こさつ》建仁寺《けんにんじ》に入った。建仁寺から妙心寺《みょうしんじ》へ。義元こと栴岳承芳の修行の日々は、常に雪斎とともにあった。禅僧は歩く。雲水《うんすい》。己を雲、水になぞらえ流れのままに歩むことも大事な修行のひとつである。うだるような炎天の下で汗にまみれる酷暑の日も、腰までの雪を掻き分け進む厳冬の日も、どれだけ気を失いそうになっても目の前に巌のごとき師の背中があることで耐えることができた。

己には雪斎がいる。

それがどれほど義元の助けになってきたか。今川家の五男として生まれ、武士として生きることすら許されず、僧として生きる身にとって、雪斎は標《しるべ》であった。師の背を追い、師に導かれ、義元は僧として励み、師の援《たす》けを得て還俗し、武士となった。

「長き歩みであったな」

二人きり。

医者も近しき者もみな下げた。最期は、師と弟子のみで迎えたかった。雪斎は隠遁の身である。もはや主君と腹心でもない。義元は心置きなく、昔の己に戻ることができる。

細い体にかけられた薄い衣の脇から手を差し込み、師の掌に触れた。あんなに分厚かった手が、骨の形までわかるほどに枯れ果てている。己の掌で乾いたそれを握り、もうひとつの手で裏から包み込む。冷たい師の体に、みずからの命の熱を注ぎこもうと試みる。

目を閉じ、己の息に気を集中させてゆく。左右の足を互い違いに腿《もも》に置く、結跏趺《けっかふ》坐《ざ》に保ち、腰骨から頭の先まで天へと通じる柱と心得て姿勢を整える。瞑目し、師の手を握りしめたまま己を消し去ってゆく。

戸を叩いていた風が止み、音のない静謐《せいひつ》が二人に訪れる。

無。

師の無事を祈ることすら忘れ、ただ無心になる。師とともに歩んだ禅の道を思い出すように。

「懐かしいのぉ」

握りしめた手を伝って、師の声が体に染みこんでくる。

義元は答えない。

無心のまま、座禅を続ける。

「栴岳承芳。御主に教えることはもうなにもない」

染みてくる師の声は瑞々《みずみず》しく、かつての覇気に満ちた悪僧然としていた。

無の心地にある義元の体の上を、湯のような物が流れてゆく。師の手を握る己が掌の熱さ以外になにも感じていなかった義元であったが、その熱さのせいで無からわずかに己が漏れだしてくる。

頬だ。

みずからの頬を熱い物が濡らしている。

「憂いは去った」

師の声が染みこんでくる。

義元は涙をぬぐうことなく、一心に師の手を握り続ける。

「西へ」

善得寺から都へ。

あの時も西へ西へとむかう旅であった。

「天下を」

わかっている。

「争いの行く末に」

わかっている。

「義元殿」

師の気が揺らいでいた。乾いた体と気がずれはじめている。

留めない。

瞑目し、無であることを心得る。師が苦しまずに逝けるように、己が気を掌から注ぎ続けた。

「戦無き世を」

去った。

太原雪斎、齢《よわい》六十の冬であった。

五年の後。

今川義元は雪斎の後を追う。

桶狭間《おけはざま》の地にて。

弐　織田弾正忠信長

震えている。

その震えはなんのためか。

下座で平伏しながら巨軀を揺らしている男に、信長は心中で問うている。かつては敵であった男だ。二年前、戦に敗れ頭を下げてきたこの男を、信長は許してやった。

しかし。

今なおこの男は、信長の臣ではない。弟、勘十郎信行《かんじゅうろうのぶゆき》の臣なのだ。

弟といえど、織田弾 正 忠《だんじょうのちゅう》家の惣領である信長に従属する立場である。しかし、信行は幼い頃より信長と同等と思えるような待遇を受けてきた。信長が那古野城を与えられたように、弟は父から末森《すえもり》城を与えられている。末森城には、信長と信行の母もともに住んでいた。

信長にとって母は、つねに弟とともにある存在だった。嫡男として乳母《うば》や傅役に囲まれて暮らす信長よりも、己が手で育てた弟を母は可愛がった。無理もないと思う。別段それを羨ましいと思ったこともない。物心付いた時から、母は己の物ではなく、弟の付属物であった。母というものが如何なる者か、もちろん知っている。己を生んだ。ただそれだけのことではないか。口うるさい母が傍《そば》にいなかったことで、好き勝手に生きて来られたのだから、信長にとっては幸いだったといえよう。

しかし、どうやら周囲はそうは思わなかったらしい。

父亡き後、先君の妻である土田《どた》御前の動向は家中の注目をどうしても集めてしまう。その母が、新たな惣領ではなく弟の信行と寝起きを共にしているということが、家中にとって如何なることか。

惣領に相応《ふさわ》しきは弟の勘十郎信行。家中でもそういう声が大きくなっていた。

目の前に座す男は、そんな家臣の急先鋒である。

柴田権六。

もともと父が惣領であった頃より、信行の後見を任されていたこともあり、信長よりも弟に近い存在だ。

信長は一度、織田弾正忠家の惣領として、権六に出陣を命じている。

使える男。

正直な感想だった。父の頃より猛将であるという噂は耳にしていた。見た目も、噂に違わぬ頑強そのもの。赤銅《しやくどう》色の額に角さえあれば、地獄の鬼である。欲しい。

信長は権六の戦の才に惚《ほ》れていた。

「このような刻限に、如何《いかが》した」

「はは」

問いに明快な答えを提示せず、権六は巨体を揺らし続ける。

清洲《きよす》城の本丸屋敷。すでに多くの者は去り、在城している者も寝ずの番以外の者は眠りについている刻限である。信長は権六を広間ではなく、寝間脇の私室に通した。手を伸ばせば届くところにある権六の赤ら顔が、灯火の明かりに照らされ、いっそう紅く見える。

敵地同然の清洲城に単身赴いたくらいで恐れるような男ではない。命欲しさに震えるような男ならば、二年前の時点で葬っている。

いま権六を震わせているのは怒りだ。身中に押し留めておけぬほどの怒りが、荒武者の体を震わせている。

その怒りはどこに向けられているのか。

己か。

それとも……。

信長は常から細い目をいっそう細めて、権六の裡《うち》を覗《のぞ》き見る。

「黙っておってはわからぬぞ」

名目上、信長は権六の主なのである。臣に接するように、信長は問う。

家督を相続してすでに七年。

父から譲り受けた織田大和守家の家老職という家柄は、大きく変貌していた。

織田大和守はもうこの世にはいない。

尾張下四郡を領し、尾張守護職、斯波義統《よしむね》を抱えこんでいた織田大和守信友《のぶとも》を討ったのは、目の前に座る権六だ。信長が出陣を命じた権六たちによって、大和守は殺されたのである。

大和守を討ち、信長は清洲城と尾張下四郡を手に入れた。

この時の権六の働きぶりを、信長は高く買っている。

「このような刻限に一人で来るとは、ただごとではないな」

「は」

口のまわりにびっしりと生やした髭を震わせ、権六が口籠っている。

釣《つ》れた……。

気を緩めると口の端が自然と上がってゆく。ここが正念場である。信長は面の皮を引き締めつつも、主の器は保つように頬と眉間を緩め、猛将を穏やかにうながす。

「勘十郎」

名をつぶやいた刹那、猛き男の肩がこれ以上無いほど大きく上下した。

猛将である。戦いにおいて真価を発揮する部類の男だ。そういう男は腹芸が苦手である。二年前、弟が尾張上四郡を領する織田伊勢守の後押しを受けて信長に弓引いた時も、戦に敗北し苦々しい顔で頭を垂れる弟たちのなかにあって、この男だけは一切の後ろ暗い思いもなく正々堂々信長にひれ伏した。気性一途、裏表がないことは、猛将にとっては美徳ともいえよう。

「勘十郎殿が……」

腹の底から権六が声をひり出す。

信長は知っている。何故、権六がここにいるのかを。

近頃、信行はみずからの衆道《しゅどう》の相手にいたくご執心なのである。

名を津々木《つづき》蔵人《くらんど》というその男は、眉目《びもく》秀麗なる若者で、弟の夜の相手であることは家臣たちも周知のことであった。信行はこの若衆に執心して重用し、有能な者の多くをその下に付けた。

面白くないのは、長年信行を支え続けてきた権六たちである。

武功も上げず、政《まつりごと》の才によって身を立てたわけでもない。顔と尻で伸《の》し上がった男に頭を下げるなど、一廉の武士に耐えられようはずもない。

つまり権六は、蔵人に入れ込む信行を見限ったのである。

わかっていた。

なにもかも信長は知っていたのである。

弟の動向には常に目を光らせていた。二年前、弟が反旗を翻すよりも前からだ。

津島は商人の街である。商いとは、身分の上下を越えて存在している。武士には武士のための商人が、民には民の、坊主や神主のための商人もいる。商いは人の暮らしに入り込む。自然と、多くのことが知れる。そして商人たちが耳にしたものは、津島の街に集《つど》うのだ。

若い頃から仲間たちと津島を我が物顔で闊歩《かっぽ》していた信長には、商人たちの目と耳がある。

尾張だけではなく、駿河や美濃《みの》の多くのことが信長の耳に入って来るのだ。

だから……。

邪魔な者は殺してやった。

織田大和守が信長に殺されることになったのは、大和守が守護、斯波義統を襲い、殺したことにある。元より大和守の力を頼っていただけの実力のない守護なのだ。わざわざ殺すこともない。飼い殺しにしておけば済む話である。

しかし大和守は上四郡、織田伊勢守との均衡を破るために動いた。

守護御自害。

この報せをいち早く知った信長は、襲撃の際に不在であった守護の息子の斯波義銀《よしかね》を那古野に抱え込み、保護と援助を買って出た。謀反人大和守を討つという大義名分の元、信長は権六に命じて大和守のいる清洲城を攻め、これを討ったのである。

守護が死んでから大和守を討つまで七日。

信長は清洲城を手に入れた。

清洲城を奪取するために、どうしても力を借りなければならない男がいた。叔父の織田信光《のぶみつ》である。信光は織田弾正忠家を継いだ信長の後見人でもあった。信光が信長に与《くみ》したからこそ、清洲城を奪うことができたといっても過言ではない。

当然、信光が味方になったのには条件があった。大和守が領する尾張下四郡を二郡ずつ領有しようという盟約である。

が……。

清洲城奪取の七ヵ月後、信光は不慮の事故によって横死《おうし》してしまう。

当然、信長が裏で仕組んだことである。

こうして信長は、尾張下四郡の主となったのであった。

その後、弟が上四郡の長、伊勢守信安《のぶやす》と内通していたことも、権六ら織田家の重臣たちが信長を見限ろうとしていたことも、事前に耳に入っていた。

信行との戦《いくさ》では兵を集められず千七百の敵に、七百あまりの手勢で戦うことになったが、辛くも勝ちを得た。

一度、負ければ後がない。

勝つことでしか信長はみずからを示すことができぬのだ。うつけと謗《そし》られ、重臣たちからも見限られ、それでも織田弾正忠家の惣領であり続けるためには、勝つ以外に道は残されていない。

父の位牌に抹香を投げつけてから七年。

信長を腫れ物と見る者は減っている。

しかしまだ道半ばだ。

父よりも広大な領地を得ても、今なお父の背を越えてはいない。

邪魔をする者は何人たりとて容赦せぬ。

たとえ弟であっても。

「勘十郎は竜泉寺《りゅうせんじ》を城の体裁に整える普請《ふしん》をしたそうだな」

築城は当然、主である信長に許しを得なければならぬ行いだ。無断で行うことがどういうことか、弟も重々承知した上での行動である。

権六が普請を認めれば、弟の謀反を認めたも同然。

鬼瓦が揺れていた。への字に曲がった口の奥から歯がこすれる鈍い音が鳴る。普請のことまで知れているのかと、動揺しているのだろう。

手を差し伸べたのだ。

もはや弟は言い逃れできぬのだということを、権六に暗に示してやったのである。そして、認めさえすれば、お前は許してやるということも言下に潜《ひそ》ませている。いくら腹芸を解せぬ無粋な武人であろうと、その程度の後背は理解できるはずだ。

この男にとっても、ここが正念場である。長年、後見役として骨身を削って仕えてきた信行を売り、己だけが生き残ることを是《ぜ》とできるか。果たして、豪放磊落《らいらく》、正直一途のこの武人にそんな腹芸ができるのか。

できなければ。

斬る。

使える男ではあるが、己に従わぬのなら致し方ない。二度も情けをかけるようなことはない。

「どうだ権六」

「それは……」

信長の穏やかな視線から逃れるように顔を伏せる権六の姿に、誰かの面影が不意に重なった。目を閉じ、脳裏に束の間よみがえった姿を、瞼の裏に懸命に呼び戻す。

「爺」

「は」

思わず口走ってしまった信長に、権六が不審の声を投げた。

「なんでもない」

笑みのまま信長が答えると、顔を上げていた権六が戸惑いのまま口を震わせた。

「平手殿……。がどうなされました」

先刻のつぶやきを権六は聞き逃していなかった。こうなれば素直に答えるしかなかろう。信長は笑みのまま権六に語る。

「勘十郎のために思い悩む其方の姿を見ておったら、爺のことを思い出してしもうての。つい口にしてしもうた」

「平手殿を……」

灯りの火を受けた権六の目が光っている。

涙ぐんでいるのか。

この程度のことで。

思いはするが、もちろん口にはしない。ここは勝機。言葉で押す。

「爺は、愚かな儂のことを親以上に案じておった。織田弾正忠家の惣領として恥ずかしくない男になるようにと、最期まで儂のことを想うてくれておった」

本当は平手政秀《まさひで》は、信長を守《も》り立てる甲斐もないから死ぬと言って、腹を斬ったのだ。しかし捉えようによっては、今の言葉も嘘ではない。想っていたからこそ、報われずに腹を斬った。恩が無いと言えば嘘になるが、だからとって心底から平手の死を惜しみ、己が生き様を悔いているかといえばそうともいえぬ。これまでの己が道を、なにひとつ悔やんではいない。腫れ物であった己であったからこそ、敵だらけの尾張で親族どもを出し抜いて、ここまで生きてこられたのだ。

そう……。

誰にも期待されなかったからこそ信長は、尾張下四郡の主として清洲城にいる。

期待された弟は。

これから死ぬ。

期待されたばかりに、母や重臣たちに周りを固められて、みずから傷つくこともなく、人の痛みも知らず、担ぎ上げられたまま上に登ることができると思っている。尾張守護、斯波義統も、織田大和守信友も、叔父、織田信光も、みな同じだ。己の居場所があり、そこにみずからがいることを疑いもしない。

だから奪われる。

殺される。

期待すらしていなかった者に、己より愚かだと思っていた奴に。

貶《おとし》められて……。

「勘十郎のことを思う御主の気持ちは痛いほどわかる。が、このまま弟の思うままにさせておっては、織田家はどうなる。勘十郎が棟梁となっても、見栄えが良いだけの青二才が我が物顔でのさばるだけじゃ。津々木蔵人に、伊勢守や美濃の斎藤《さいとう》、駿河の今川と伍してゆけるだけの器量があるか。それがわかっておるからこそ、御主はいまここにおるのではないのか」

「の……」

権六が床に額がつくほどに深く頭を垂れた。

「信長様の仰せの通りにござりまする」

堕ちた。

口角が邪《よこしま》な角度で吊り上がる。しかしうなだれる権六には、信長の顔を見ることができない。もし、いま上座に座る男の笑みを目の当たりにしたら、この武人はいったいどんなことを思うだろうか。清洲城に来たことを後悔し、愚かな弟とともに兵を挙げるか。

邪悪な想いを胸中で弄《もてあそ》びながら、信長は屈服した武人に声を投げた。

「もう一度だけ問うぞ」

「はい」

顔を伏せたまま権六が答える。総身の震えは収まっていた。どうやら腹は定まったらしい。

「勘十郎は竜泉寺を城の体裁に整える普請をしたそうだな」

「いたしました……」

武人が額を床に打ち付けた。ごつっという武骨な音が狭い部屋に響く。

胡坐の膝に肘《ひじ》を突き、その拳に尖った顎を載せた姿勢で、信長は正直一途な男の言葉を待つ。

「勘十郎様は竜泉寺の堀を深くし、城の構えを整えられました」

謀反の確証を、より明確に権六から得たい。信長はさらに問う。

「そは、儂に対しての備えであるのだな」

「左様」

「勘十郎はふたたび儂に刃向うつもりなのだな」

「篠木《しのき》の三郷が地味肥えておる故、これを奪わんと伊勢守殿と相謀《はか》っておられる由」

篠木は信長が直々に治めている土地である。それを奪おうと謀っているということは、謀反以外の何物でもない。

腰を上げ、伏せたままの権六の頭の前まで膝を進める。主を売ってしまったことに、ふたたび震えている荒武者の背に触れた。

「よくぞ申してくれた。其方のおかげで、弾正忠家は救われた」

「そ、某は御先代、信秀《のぶひで》公にひとかたならぬ御恩がございまする。それ故、なにがあっても弾正忠家を……」

「わかっておる。すべてわかっておる」

広い背を擦《さす》りながら、信長は笑む。

権六が口走っているのは、すべて言い訳である。長年守り立ててきた勘十郎を見限り、信長に売った自責の念に耐えきれぬだけだ。耐えきれぬから、父への恩義に報いるなどということを言い出した。愚直で武骨な男である。筋目には人一倍厳しいのだ。だからこそ、己を正当化するために主筋を辿り、父を担ぎ出しただけのこと。無様。が、この男の腕力は便利な道具である。それに、この愚直さは御《ぎょ》し易い。

「其方の父への忠義、この信長、決して忘れぬ。其方の弾正忠家を想う心は痛いほど伝わった。これより後は儂に仕え、共に弾正忠家を守り立ててはくれぬか」

言うと同時に、口許の笑みを消した。権六が頭を上げたからだ。神妙な表情を面の皮に張り付けながら、毛に覆われた武人を見下ろす。

「勘十郎様とともに信長様に弓引いたことは事実。この柴田権六。いかなる責めをも負いまする」

己は逃げぬ。

今更なにを言うか。沈もうとする船から単身逃げてきたではないか。

だが信長は権六を責めるつもりはない。荒武者が身を起こすと同時に背から肩へと移した手に力を込める。

「なにを申すか。其方を責めることがあろうか。言うたであろう。これより先は儂に仕えよと」

「信長様」

「わかったな」

肩を揺する。

猛将の目から滝のように涙が溢《あふ》れる。

「有難き幸せにござりまするっ」

顔をぐずぐずに濡らしながら、ふたたび権六は額で床を打った。

「この柴田権六っ。この命、信長様に捧げまするっ」

「頼んだぞ」

肩を揺する信長は冷酷に笑う。


権六が城を訪れた次の日から、信長は病の床に就いた。

仮病である。

信長が倒れたことは、家臣たちは勿論、伊勢守や弟にも報せた。権六には、これまで通り勘十郎と接するようにときつく命じている。もはや心の底から信長に臣従を誓っている権六は、主人の前に座る犬ころのごとき素直さで、お任せをという五月蠅《うるさ》い声を残して城を去っていった。

ここ数日、床とともにある。

寝付きはあまり良くない性質《たち》である。昼にどれだけ汗をかこうと、女にいくら精を注ごうと、床で目を閉じると眠れなかった。女とともに寝ることはない。褥《しとね》には一人で入る。粗雑ななにかがあるのが、たまらなく嫌だった。静謐のなかでなければ、一睡たりとてできない。

例外がある。

戦の最中だ。

不穏な気配に包まれていると、どれほど騒がしかろうが横になるとたちまち眠ることができた。戦場のほうが眠れぬと周りの者たちは言うのだが、信長は逆だった。平穏な時の方が眠れない。

理屈ではなかった。眠れないから眠れない。ただそれだけのことだ。それで困ったことはない。昼間に眠くなったら午睡をむさぼれば良いだけのこと。束の間の眠りなら、どこでも取れる。だから別段、眠れぬことで悩んだことも苦しんだこともなかった。

しかし。

今回の仮病の寝床では良く眠れる。己でも驚くほど、一日の大半を覚えていない。目覚めたら障子戸が紅く染まっていて、飯を支度させて腹拵《ごしら》えすると、ふたたび横になる。すると今度は朝の陽ざしのなかで鳥が鳴いている。顔を拭《ぬぐ》い、朝餉《あさげ》を取ってまた眠る。気付けば夕刻。この繰り返し。

これまでの病の時はこれほど眠りっぱなしということがなかった主の変わりぶりに、近習《きんじゅ》たちが心配そうにしている。朝夕、信長の前に現れる顔付きが、今まで見たことがないほどに神妙なのだ。

案ずるな仮病だ。

ひと言そう言ってやれば、皆も安堵《あんど》するのだろうが、口が裂けてもその言葉だけは口にすることができない。可愛そうだが、もうしばらく気を揉《も》んでもらうつもりだ。

今、寝床は平穏な場所ではない。

不穏の只中。

戦場なのだ。

信長は待っている。

敵が目の前に現れるその時を。

「信長様」

唐紙《からかみ》のむこうから近習の声がした。浅い眠りのまどろみのなかにいたから、声とともに目が覚めた。

「どうした」

寝たまま答える。すると唐紙が静かに開いて、若草色の肩衣《かたぎぬ》を着けた青年が部屋の隅に平伏した。床の上で身を起こし、若者を見る。

「勘十郎様が御見えにござります」

来た……。

小躍りしたい気持ちを抑え、信長は男の綺麗に剃《そ》り上げられた月代《さかやき》に目を送る。

「通せ」

それだけ言うと、近習は小さな辞儀とともに静かに退室した。唐紙が閉じられるのを見届けて、信長はふたたび横になる。

天井の格子《こうし》をにらみながら、胸の高鳴りを抑え込む。

支度は何日も前から整っている。傍仕えの誰も知らない。

桔梗《ききょう》の花が描かれた襖《ふすま》のむこうに気配が揺蕩《たゆた》う。

近習の声がした。

入室を許す言葉を投げる。

入って来た。

一人。

床の脇に静かに座った。

「兄上」

心底待ちわびた声が聞こえる。

天井を見据えたまま、声のほうを見はしない。

「勘十郎か」

わかりきったことを問う。

「はい」

わかりきった答えを弟が口にする。膝を滑らせ、勘十郎が枕元へと身を寄せた。兄の視界に入ろうと、顔を差し出してくる。生白い額にさめざめとした目。鼻筋の通った顔は、間違いなく弟のものだ。

「病を召されておられると聞き申した故、見舞いに馳せ参じました」

「済まぬな」

天井を見つめた視線は揺るがさない。あくまで視界の端に弟がいるだけで、目を合わせはしない。

「御加減は如何に」

細く冷たい勘十郎の目に、猜疑《さいぎ》の色はなかった。兄の病に乗じようという腹はないのであろう。謀反の機を計るために、様子を見にきた訳ではないようである。

目端が利く者ならば、これから敵に回そうという男の元へ見舞いになど来ない。信長ならば病であるかどうかの真意をまずは確かめる。真であるという確信が取れれば、好機に乗じて城を攻める。確証が取れぬ場合は、誘いであるかも知れぬから兵は動かさず、病が癒《い》えてから顔を見せる。忠義を疑われようとも、元より殺そうとしている相手なのだ。どう思われるかなど、この際どうでも良いではないか。

このあたりの呼吸が、不幸にも弟は解らない。だからこうして、のこのこと敵の見舞いに来たりする。

兄であろうと敵は敵だ。

改めて思う。

勘十郎には弾正忠家は背負えない。

「家中の者たちも心配しておりまする。今度の兄上の病はかなり深刻であると。某を案内してきた者も、憔悴《しょうすい》しきっておる様子。顔が真っ青でありましたぞ」

「案ずるな大事ない」

目を合わせずに答える。

「兄上」

視界から弟の顔が消えた。

本丸御殿に入る際に刃物はすべて取り上げているはずだ。十中八九襲われることはない。万一襲われたとしても、こんな優男《やさおとこ》に敗ける信長ではない。担がれ周囲を家臣たちに守られながら戦場の奥に座っている勘十郎とは違う。信長は常に、誰よりも先に戦場を駆ける。修羅場を潜り抜けてきた数が違うのだ。

「なんだ」

天井を見据えたまま、右手で褥を探った。体の脇にある小さな盛り上がりを、指先で感じる。硬いそれに指先を当てたまま、信長は弟の言葉を待つ。

「兄上は某のことを如何に思われておりまするか」

なにを愚にも付かぬことを。

笑いたくなるのを必死に堪《こら》え、思うままの答えを口にする。

「弟だ。それ以上でもそれ以下でもない」

「兄上らしい御言葉じゃ」

「だからなんだ」

「いや」

幼い頃から離れて暮らしている。この男が弟であることはわかっているが、それ以上の感慨など持ち得ようはずもない。己が一人の時、勘十郎には母がいた。などというしみったれた嫉妬《しっと》など、感じたこともない。

むしろ、哀れであるとさえ思う。

「なにが言いたい」

口籠った勘十郎を、茶色にくすんだ天井を睨みながらうながす。

「それは」

はっきりしない男だ。己のことをどう思っているかなどという愚にもつかぬ問いを投げてきたことといい、所作《しょさ》、物言い、すべてに苛立ちを掻き立てられる。

このまま無益な問答を繰り返していると、怒りに任せて無駄に傷つけてしまうかもしれない。

惨殺では駄目なのだ。

家臣たちが納得しない。

「勘十郎」

「はい」

話の流れを変えられたことに不服を感じるというよりも、勘十郎の声には、いささかの安堵が滲んでいた。みずから振った話であったくせに、結論すら用意してなかったのだろう。場繋ぎ程度の話題だったのか。だとすれば、真の愚か者ではないか。相手は兄ではない。敵なのだ。馴れ合いの場など無用である。いや、そんな場にいてはならぬのだ。

弟は安穏の只中にいるのかもしれないが、兄は戦場にいる。

今からそれを知らしめてやる。

「御主は竜泉寺の普請をいたしたな」

「あ、あれは……」

本当に心底から驚いているように、勘十郎は声を詰まらせた。

「違いまする兄上っ」

弟が身を乗り出し、天井と信長の間に顔を滑り込ませる。常から青白い弟の顔が、真っ青だった。目を合わせず、弟のむこうにある天井を見つめるような視線のまま、信長は問いを重ねる。

「伊勢守となにやら話し合うておるそうではないか」

「だ、誰からそのような」

もしも、勘十郎が病床の兄を殺すつもりであったなら今しかない。隠していた刃を取り出し、すぐにでも兄の首筋に突きたてる。

それしか……。

この弟の生きる道は残されていないのだ。

「真《まこと》か」

「え」

ここで聞き返すな。

死が。

決まった。

「今もなお伊勢守と通じておるのか」

「い、いや。伊勢守殿とは、過日の戦にて兄上に敗れた折に……」

「篠木の三郷」

「そんっ」

勘十郎が短い声を吐いて固まった。

ここで初めて信長は顔を回して、弟を正面から見る。

仰《の》け反《ぞ》って震えていた。顔は青を通り越し、土気色《つちけ》である。

「どうした勘十郎」

右の指先の硬い物に触れたまま弟を責める。

「仕方が無かったのです」

「家臣に焚きつけられたか」

弟の顎が、がくがくと上下する。

「津々木蔵人か」

「く、蔵人は、蔵人は」

必死にかばおうとしているのだろうが、言葉が続かない。動転している。責められ腹を括《くく》れないのであれば、はなから謀反など考えなければよいものを。担がれた。それが弟の最大の不幸であった。みずからを過分に信じてしまったのは、周囲の所為《せい》だ。己ならばやれる。兄よりも優れている。四六時中周囲から囁《ささや》かれて、その気になったのが運の尽きだったのだ。

「どうか……。どうか……」

床に両手をつき、顔を伏せる。頭を垂れているのかどうか曖昧な姿が滑稽《こっけい》だった。

弟はこの期《ご》に及んでも誰かに心底から頭を下げるということができずにいる。

「頭《こうべ》を垂れたくなければ、どんなことをしてでも勝ち続けねばならぬ」

「へ」

思わずといった様子で、勘十郎が頭を上げた。

刹那《せつな》。

指先で触れていた硬い物を褥の下から取り出し、機敏に立ち上がる。

懐刀の鞘《さや》を投げ捨てた。

諸手《もろて》を床に突いている弟の体に左の肩を滑り込ませるようにして間合いを詰め、そのまま自分の体で弟の上体を持ち上げた。突然のことでなにが起こったのか解っていない勘十郎の無防備な右脇腹に、懐刀の切っ先を、刃を横にしながら突き入れる。

まだ弟はなにが起こったのか理解できていない。兄の肩に己が顎を載せ、抗いもせず固まっている。

横に寝かせていた刃を、弟の腹のなかで回す。

刃が上になったところで手を止め、そのまま力で肉を斬り裂いてゆく。この時になってはじめて弟は、己が身になにが起こっているのかわかったようだった。

だが、もう遅い。

立ち上がった兄の手元で刃が閃《ひらめ》いた瞬間に一歩も動けなかった時点で、武人としての器量も知れている。人を謀る才もなく、武人として戦場を駈け巡ることができぬ男など。

「無価値」

肩に乗った弟の顔に頬を寄せて囁く。

懐刀をつかむ手から腕へと熱い物が伝う。そこから這い上がってくる金気《かなけ》の臭いに、わずかな糞《くそ》の気配が混じっている。人の腹を裂いた時の臭いだ。

「あ、あ、あ……」

兄上という言葉すら、もはや弟は発することができないでいる。

信長はとうぜん死の淵に立ったことなどない。だから今、勘十郎がなにを考えているのかなどわかりはしない。人という生き物は、腹を裂かれて今から死なんとする時に、果たしてどれだけのことを考えることができるのだろうか。

知りたい。

腹の底からせり上がって来る激しい衝動に駆られるように、信長は弟の耳に唇を寄せた。

「聞こえるか勘十郎」

「あ、あ……」

答えているつもりであろうか。もはや一語しか発することができなくなっているのであろうか。

この世は阿《あ》からはじまり、吽《うん》で終わるという。

臨終に際した弟の口から発せられる語がはじまりの音であることに、信長はえも言われぬ興趣をそそられる。

「御主がこうなることは、儂の弟として生まれた時から定まっておったのだ。御主がはじまった時、すでに終わっておったのだ勘十郎」

「あ、あ、あ……」

信長の右手を熱く濡らす命の源が、止めどなく流れだしている。

死ぬ。

死ぬ。

ようやく、あの勘十郎が己の手にかかって死ぬ。

「儂に刃向う者は血を分けた兄弟であろうと容赦せぬ」

勘十郎は聞いているのだろうか。己に覆い被さる弟を、みずからの体を震わせて揺さ振る。

「御主が可愛がっておった秀孝《ひでたか》も、儂が殺させたのだ」

信長と勘十郎の弟の秀孝は、守山《もりやま》城にいた叔父、信次《のぶつぐ》の家臣によって射殺《いころ》された。

信次の前を騎馬のまま素通りしようとして射られたということになっている。この一件の科《とが》を恐れ、信次は守山城を捨てて逃げたことになっているが、信長がほとぼりが冷めるまで身を隠せと命じただけのこと。すべてが、秀孝という弟の駒を葬るための芝居であった。

「信光叔父も秀孝も儂が殺した。御主も今から死ぬのだ」

「し、し……。ぬ……」

「そうじゃ、死ぬのじゃっ！」

阿以外の語を発した弟のことが嬉しくて勘十郎の体を強く抱きしめ激しく揺さぶる。とうぜん、腹に埋まったままの刃も、信長の動きにつられて右に左に動く。その度に傷口で水音が鳴り、生温い物が溢れ出す。

「安心しろ勘十郎。御主が死んでも弾正忠家は儂がしっかりと守り立ててゆく」

冷たい耳に口を付け、弟を抱きしめ優しくささやく。

「案ずるな伊勢守も必ず始末する。尾張は儂の物となるのだ。うつけ者の物にな」

「あ、あ……」

「なんじゃ勘十郎。御主はこれから涅槃《ねはん》に旅立つのじゃぞ。母上になにか申したきことはないのか。あるなら儂が聞いておいてやるぞ」

「あ……」

揺する。

「どうした勘十郎。しっかりいたせ」

「あ……」

激しく揺する。

「ほれどうした。母上じゃぞ。御主をあれほど可愛がってくれた母上に、なにか申したきことはないのか」

「……」

「勘十郎」

「…」

弟の体が急に重くなった。己にうなだれかかるようにして息絶えた勘十郎の薄い胸を、肩で押す。音を立てて後ろに倒れたのと同時に、腹の刃が抜ける。

立ち上がり、懐刀を弟の骸《むくろ》の脇に放った。

「誰かあるっ」

外に呼びかける。

唐紙が開いて、近習が静かに入って来た。信長の足元に転がる勘十郎の骸を見て、若い男は細い眉を一度小さく震わせたが、それ以上動揺を面《おもて》に出すことはなかった。部屋のなかでの物音は聞こえていたはずである。おおよその見当はついていたのであろう。

「水を浴びる」

「はっ」

骸のことには触れず、信長はそれだけ言うと衣を脱いで廊下に出る。

二度と勘十郎を見ることはなかった。

群がる炎が夜空を焦がし、民たちの悲鳴が遠く離れた信長の耳にも荒波のごとくに押し寄せてくる。

「焼けぇっ！　城下が燃える様を、敵に見せつけるのじゃっ！」

馬上から信長は叫ぶ。

弟を殺した翌年、尾張上四郡の主、織田伊勢守家との因縁に終止符を打つべく、その居城、岩倉《いわくら》城へと兵を進めた。

勘十郎を裏で操っていた伊勢守信安は家督相続のいざこざが元で城を追放され、伊勢守家の実権は子の信賢《のぶかた》に移っている。誰が相手であろうと関係ない。信安との因縁など、信長にとっては些末《さまつ》なことであった。信安が唆《そそのか》してくれたおかげで勘十郎を始末することができたのだ。むしろ感謝したいくらいである。

問題は伊勢守家なのだ。

伊勢守家が居座っている限り、尾張上四郡は手に入らない。

ならば滅ぼす。

単純な理屈である。

岩倉城下まで一気に攻め寄せた信長は、家臣たちに命じて城下に火を放たせた。城から打って出てくる気配もなく、町は瞬《また》く間に火の海に変わった。

城の傍まで攻め寄せた信長は、本陣を定め、みずからそこに腰を据えた。

「力攻めにいたしまするか」

かたわらで問うたのは、柴田権六である。豪壮な荒武者は、厳つい角をあしらった兜《かぶと》を着け、信長の重臣であると言わんばかりに脇に侍《はべ》っていた。戦場では殊《こと》の外《ほか》、役に立つ男である。

「いや」

炎に浮かぶ城を見つめながら答える。

「敵はこちらの勢いに呑まれ、城に籠って射かけてこようともしませぬ。攻めに攻めれば、瞬く間に落ちるかと存じまするが」

「ここに陣を置き、城を囲む」

「殿」

「良いと申しておる」

「は」

しつこいと言わんばかりに邪気に満ちた視線を送ると、権六は黙って目を伏せた。

夜が明け、町を焼かれた岩倉城は裸同然の哀れな姿のまま沈黙を守っていた。幾度となく矢を射かけ、鉄砲を放ってみたが、城からはいっこうに仕掛けてこない。

それでも信長は兵を城門に進めることはしなかった。

「柵を築け」

家臣たちに命じ、城を二重三重に囲む柵を築いた。兵たちは交代で休ませ、四六時中昼も夜もなく城内を監視し続ける。時おり矢玉を射かけて休む暇を与えない。

城を囲んでひと月あまり。

信長は待っている。

敵が仕掛けてくるのを。

「信賢はもはや戦う気はありませせぬ」

「黙れ」

「力攻めでかかれば」

「黙れと申しておるのが聞こえぬか」

権六を律するのも幾度目であろうか。紋切型の注進しかせぬ荒武者の叱られて縮こまる様が、近頃ではおかしいとさえ思いはじめている。

謀反を企てた勘十郎を一度は許し、再び抗った時にはきっちりけじめをつけた信長を、もはや弾正忠家の腫れ物と呼ぶ者はいない。父よりも広大な領国を得た信長を、家中の者が疑うことはなくなった。信長が攻めるといえば、誰もがうなずき戦支度に取り掛かる。肉親をその手にかけ、勝って勝って勝ち抜いた末に築き上げた地力であった。

目の前の戦を確実に勝つ。それが信長の全てであった。

だからこそ。

この戦でやれることはすべてやるつもりだった。

待っているのは信賢ではない。

美濃だ。

信賢の父、信安は、美濃と通じていた。美濃との密約を後ろ盾にして、勘十郎を唆し、信長を陥れようとしていたのである。

美濃の斎藤義龍《よしたつ》。信長にとってはいわば父の仇《かたき》である。

父といっても実の父ではない。

斎藤道三《どうさん》。

美濃の蝮《まむし》と呼ばれた梟雄《きようゆう》である。信長の正妻は、道三の娘であった。道三は舅にあたる。

道三は主であり美濃国守護であった土岐頼芸《ときよりあき》を追放し、美濃の実権を握った下刻上の雄だ。

しかし道三は、息子の義龍の謀反に会い、殺された。

義龍を生んだ道三の妻は、土岐頼芸の側室であり、道三に嫁いだ時にはすでに義龍を孕《はら》んでいたという噂が信長の耳にも届いていた。それを信じた義龍が、本当の父である頼芸の仇とばかりに道三を攻め殺したのである。

この美濃の変事に信安は付け込んだのだ。

道三が実権を握っていた頃の美濃は、娘婿である信長を惣領とする弾正忠家との縁が深かった。しかし道三亡き今、義龍にとって信長は、義父が目をかけていた憎き義弟なのである。信長と反目し、尾張にみずからの影響を行使しようとすれば、当然伊勢守家と通じることになる。信長という共通の敵がいる伊勢守家と義龍が手を組むのは当然の流れといえた。そういう目で物事を捉えるならば、勘十郎は両家の思惑に翻弄されて死んだということになる。

だが。

伊勢守や義龍を弟の仇だというつもりは信長にはさらさらない。勘十郎を殺したのは己である。元から殺すつもりだったのだ。誰かの所為で手にかけた訳ではない。

義龍が動くのを待っているのは、私怨などというちっぽけな物のためではない。

信長はすでに尾張一国を領したといってもしも過言ではなかった。岩倉城はもはや死に体である。伊勢守家が信長に伍する力がないことは、尾張じゅうに知らしめられた。こうなってしまえば武家は終わりである。一度、後手に回ってしまえば、後は坂を転がり落ちるように家の勢いは衰えてゆく。

尾張を手中にした。

すでに信長の目は、尾張一国の先を見ている。

存命中の父は、尾張中の武家に代わり領国の平穏のために国の境を越えて戦った。

敵は二人。

一人は斎藤道三である。美濃の蝮と父は、たがいに国境を越えて幾度も刃を交えた。戦いに次ぐ戦いの末、二人は互いの子を縁組させることで矛を納めたのである。

　そしてもう一人……。

　駿河の今川義元こそ、父、信秀の因縁の敵であったといえよう。駿河遠江を領し、尾張と三河の松平家に対する内政干渉によって半ば支配的立場となった義元と父は、尾張と三河の国境において何度も衝突した。父が死ぬ前に手痛い敗北を喫した小豆坂《あずきざか》での戦の相手は、この義元であった。この敗北によって父は、それまでの覇気を失い、流行り病を得て死んだ。

　尾張一国を領した信長にとって、これより先の敵は、道三を殺した斎藤義龍と今川義元であった。

　不倶戴天。

　この二人とは決して倶に天を戴くことはない。

　義元は長年の宿敵であった甲斐の武田、相模の北条と五年も前に手を組んでいる。この五年の間に、三河松平家の若き惣領、松平元康《もとやす》に己が姪を嫁がせ一門に引き入れ、三河の支配を着実に固めている。

　義元は戦に頼らず、人を懐に取り込み、領地を広げてゆく。

　悠長。

信長は思う。

駿河遠江二国を領し、血筋は将軍家に連なる。それほどの力がありながら、人の心をじわじわと侵蝕してゆくような手を使う義元のことが、信長には理解できない。即断即決。果断に兵を進め、大きな勝ちを得れば、それまで静観を決め込んでいた者たちも動く。強大な力で松平を叩き、元康を討てば、三河の国人たちは今川家の門前に続々と参じるであろう。逆らう者がいたとしても、物の数でもない。三河の大半の国人を動員し、潰してしまえば、数年のうちに三河は完全に義元の物であったろう。

とはいえ。

迂遠《うえん》なやり口であったが、義元は三河を手中に収めつつある。

次の狙いは間違いなく尾張だ。

義元の手はすでに国内に伸びている。

三河との国境付近にある鳴海《なるみ》城の主、山口教継《やまぐちのりつぐ》とその子、教吉《のりよし》が、信秀が病死するとすぐに義元と通じ裏切った。鳴海城の南西に位置する大高《おおだか》城、そして鳴海城より東方に位置する沓掛《くつかけ》城の両城を調略し、今川の兵を引き入れたのである。尾張と三河の国境は、完全に今川の手に落ちているのだ。

信長は一度、今川家を敵に回して勝利している。尾張知多《ちた》半島の寺本《てらもと》城を占拠した今川勢は村木《むらき》の地に城を築いた。信長が家督を継いで二年あまりの頃のことである。この時は、多くの犠牲を払いながら、辛くも今川勢を退けることができたが、義元自身と相対することはなかった。

義龍と義元……。

いずれの敵と対するべきか。

この一戦において討るつもりだ。

美濃が動かぬのなら、駿河に目をむける。

今川義元。

出来るならば、敵に回したくない男である。義龍は美濃の主とはいえ、いまだその足元は定まっていない。本気で信長と雌雄を決しようとは思っていないはずだ。

義元は盤石《ばんじゃく》である。

甲斐、相模との盟約によって後顧の憂いを断ち、松平家の懐柔によって三河の支配を固めた義元にとって、尾張を敵に回すことになんの躊躇《ためら》いもないはずだ。

尾張を統一したとて、信長に休まる日は来ない。

倒しても倒しても新たな敵が現れる。

望むところだ。

勝つことでしか信長は己を示すことができない。他者を踏み付け伸し上がる。そうしてここまで来たのだ。これからもそうして生きてゆく。それだけのことだ。

「殿」

「くどい」

権六の進言を聞く前に立ち切る。

敵に動きはない。

岩倉城を取り囲んで三月あまり。ついに織田信賢は屈し、将兵は散り散りに逃げ去った。信長は城の破却を家臣に命じ、清洲城へと帰還した。

けっきょく義龍は動かなかった。

参　今川三河守義元

「三河守御就任、祝着至極に存じまする」

言いながら深く頭を垂れた若者を前に、義元は笑みひとつ浮かべず上座にて薄くうなずいた。永禄《えいろく》三年の春、義元は帝から三河守就任の宣旨《せんじ》を受けたのである。すでに律令《りつりょう》に基づく官職に大した意味はなく、正式の宣旨を受けぬ自称の国守が大勢いるなかで、義元は帝より直々に三河守に任じられた。もはや政においての意味などないに等しい。だがそれでも、正式な国守就任ともなれば重さが違う。義元が三河を領する大義名分と考えれば、その価値は大きい。

義元は晴れて駿河遠江三河三国の主となったのだ。

どれほどこの日を待ったことか……。

西へ。

三国を領し、義元は晴れて新たな標的に全力で臨むことができる。

「三河守様におかれましては……」

「元康殿」

気まずい沈黙に耐えきれなくなった若者の言葉を制し、義元は名を呼んだ。松平次《じ》郎三郎《ろうさぶろう》元康。本来ならばこの男こそ三河守に任じられてもおかしくはない男であった。彼の祖父と父は、三河の国人のなかでも傑出した武人であった。三河岡崎《おかざき》を拠点とした松平家であるが、元康の祖父、清康《きよやす》、父、広忠《ひろただ》と二代にわたって家臣の手にかかって若くして身罷《みまか》るという不幸に見舞われている。広忠存命中より松平家に与していた義元は、信頼の証としてまだ六歳だった元康を質に求めた。

広忠の死により、松平家の当主は元康となった。松平家の当主となった元康を駿河に留まらせ、岡崎への帰還を許していない。つまり松平家は今川家の支配下にあった。

言葉を止められた元康は、機嫌を損ねたのではと気を揉んでいる。若い。まだまだ心が顔に顕れる年頃だ。

ゆるく吊り上げた眉をかすかに震わせながら義元の言葉を待つ若者に、笑みを投げてやる。

「まだまだ風が冷たいの」

駿府の今川舘である。大広間の戸という戸は開け放たれ、元康の他には上座の義元と、その脇に控える二人の近習、そして末座に黙する元康の家臣きり。右手に見える中庭から昇ってくる春風は、若き元康の精悍《せいかん》な体を震わせるのには十分な冷たさがあった。

「寒いか」

「いえ」

硬い笑みを口許に張り付かせながら、哀れな人質は首を振った。己の足で立てぬ武士は哀れである。なまじ父祖の頃よりの家臣たちに慕われ、三河への復帰を待ち望まれているため、義元の家臣として従属することもできず、だからといって今さら今川家の庇護なく三河を治めることすら叶わない。結果、人質の身のまま今川家の縁戚《えんせき》となり、国人としても臣としても曖昧《あいまい》な立場を取らざるをえない。

しかし。

いや、だからであろうか。

義元は我が子である氏真よりも、この元康のことを好ましいと思っている。子であることに疑いを持たず、父が築き上げてきた一切を享受できると思っている氏真に比べ、この若者が望むものはわずかだ。松平家の当主としての三河への帰還。たったそれだけ。それだけのために、下げたくもない頭を下げ続けている。

健気《けなげ》ではないか。

そして。

これから先、義元が辿り着くことになるであろう争いの行く末には、元康のような者が大勢待っている。大勢の元康を我が子同然、それ以上に慈しんでこそ、義元の思い描く平穏な日々は訪れるのだ。

すでに今川家の家督は氏真に譲っている。領内の政は息子に任せた。

やっと、雪斎との約束を果たす時が来たのだ。

「幾つになられたのかな元康殿は」

「十九にござりまする」

「なんと。其方の生を二度重ねても儂に足らぬか」

四十二。雪斎が死んで、五年の歳月が経っていた。あの時、二人で話した五十の年まで、あと八年。

「あんなに小さかった童《わらべ》が、こんなに立派になられるとはの……。月日が経つのは早いものじゃの」

「は」

腑《ふ》に落ちぬような顔で、元康は相槌を打った。十九という若さでは、まだまだ年月の早さなど感じはすまい。

「羨ましいの」

「三河守様」

「其方の若さが羨ましい」

素直な言葉を吐いて義元は笑ったのだが、どうやら元康には皮肉に聞こえたようだった。戸惑いで歪めていた眉に若干の険しさが宿る。若者の想いに手を差し伸べるようなことはしない。己が思うままに、言葉を連ねる。

「四十を越えると一年があっという間ぞ」

「家臣どもから、同じようなことを聞いたことがありまする」

強張《こわば》った追従《ついしょう》の笑みを浮かべ、元康が必死に歩み寄る。その健気さが好ましい。

「こは、なってみぬとわからぬものよ。若き元康殿にはまだまだ年月は遅うございましょう」

「殊更《ことさら》遅いと思うたことはありませぬ。ただ毎日、武士として恥ずかしゅうないよう、修練と勉学に励む日々にございます。こうして平穏無事に過ごせておりまするのも、三河守殿のおかげにございまする」

「儂はもう隠居した身ぞ。礼ならば氏真に言うてくだされ」

家督を譲ったとはいえ、いまだ家臣たちの目は義元にむいている。氏真はそれについて、なんの感慨も抱いていないようだった。美濃の斎藤道三などは、子に討たれたという。父を殺して、家を奪う。それが戦国の武家の在り様だとしたら、氏真には若干の心許なさを感じる。しかし、義元が思い描く争いの行く末に立つべき次の主と考えた時、氏真の鷹揚さは一概に欠点とも言いきれないのではないか。

いずれにせよ、義元が存命のうちに、氏真には今川家の惣領としての心構えと経験をしっかりと培ってもらわなければならないとは思っている。

「氏真はどうじゃ」

「どうとは」

「其方の目から見て、どう思う。今川家の惣領として、やって行けそうか。遠慮無う其方の思うところを聞かせてくれぬか」

「それは」

若い三河の国人は、口をゆるやかに尖らせ、息を呑んだ。己ごときが今川家の惣領のことをとやかく言って良いものか。右に左にと忙しなく動く大きな瞳が、無言のうちにそう告げている。心根の清らかさが、この男の美徳であると義元は思う。

「忌憚《きたん》なく申されよ。儂はただ其方がどう思うておるのかを知りたいだけじゃ。其方は今川の一門衆ぞ。他意はない」

想い以上に顔を余計にほころばせながら、義元は大袈裟《おおげさ》にうなずいてやった。若者にはこれくらいわかりやすい方が、伝わりやすい。

「そ、それでは」

目を己の左膝の先にある床へと定め、元康が戸惑いを隠せぬまま、ゆっくりと口を開いた。

「氏真殿は真に心優しき御方にござりまする」

「優しいか氏真は」

「はい。某のような者を、実の弟のように思うて下さり、またそのような御言葉を直にいただいてもおりまする」

縁戚という意味においては、氏真と元康は従兄弟《いとこ》である。弟同然に思うことはおかしくはない。が、立場という点では、今川家と松平家には大きな違いがある。一方は支配者で一方は従属者なのだ。そのあたりの線は、どれだけ親しく接していたとしても守らなければならない。

実の弟などということはあり得ないのだ。

義元自身、この若者のことを実の息子よりも好ましいと思っているのは事実だ。

しかし。

いずれか一方の命を選ばなければならない局面となった時、どちらを選ぶかは決まっている。

好ましいことと、血縁は別儀である。

血の繋がらぬ多くの子たちを愛でることができなければ、争いの行く末には辿り着けない。だからこそ義元は元康を好ましく思っている。氏真は好ましいと思わずとも息子なのだ。その違いは大きいし、どんなことがあっても覆《くつがえ》ることはない。

「なにか困ったことがあればいつでも我に申せ。と、御顔を合わせる度にお声をかけていただいておりまする。三河のことは案ずるなとも」

「そうか。三河のことは案ずるなと、氏真は申したか」

そう言った時、若者の背後に控える元康の家臣の頰が震えたのを義元は見逃さなかった。元康よりもふたつみっつ上であろうか。この男も若い。たしか鳥居元忠《とりいもとただ》と言ったはずだと、義元は脳裏で若者の名を思い浮かべる。元康が駿河に来た時、松平家から遣わされた男であった。

こちらに隙《すき》あらば、岡崎へ戻って松平家を再興しようと願っている家臣たちにとって、義元よりも氏真のほうが御し易いと思ってでもいるのであろう。先刻の元康の言葉は、義元に聞かせるべきではなかったのだ。だからこそ、能面のごとくに顔を固めた元忠の頬が、かすかに揺れたのである。

「まこと氏真殿は……」

「信長は如何じゃ」

しみじみとなにかを言おうとした若者の言葉を、またも無理矢理止める。いきなり飛び出した意想外の名を耳にして、元康はしばし固まった。

「尾張の信長じゃ」

元康が人質として三河から駿府へとむかう際、信長の父、信秀の策謀によって奪われた。その二年後、戦にて信長の兄、信広《のぶひろ》を召し獲った義元は、元康の返還を条件に、信広を尾張へと送り返した。結果、元康は六歳から八歳までの二年間、尾張で暮らすことになったのだ。

「其方は信長と会って言葉を交わしたことがあると申しておったな」

「はい」

純心な瞳が義元にむけられている。二十以上も年嵩の庇護者の真意を探ろうとしているのであろうが、元康ごときに探られるほど浅い腹は持ち合わせていない。

「安心いたせ。其方が尾張に通じておるようなことは万にひとつも無い。それはこの義元が良うわかっておる」

「い、いや」

「なんじゃ、通じておるのか」

「滅相もござりませぬっ」

「戯《たわむ》れじゃ。そういきり立つな」

声をあげて笑ってみせると、元康が頬を紅く染めてうつむいた。弄ばれていることに、異様なほどに腹立ちを覚える年頃である。

「許せ」

「いえ、某の方こそ、御無礼仕りました。しかし、某は決して尾張と通じてなどおりませぬ。たしかに幼き頃、信長とは幾度か顔を合わせ、言葉も交わしはいたしましたが、好《よしみ》を通じるほどの縁があるわけではござりませぬ」

「わかっておるのだ。其方の忠を疑うたことなど、真に一度も無い」

「は」

納得し、両手を付いて伏した若武者から目を逸らし、開け放たれた戸のむこうに目をやった。庭の松が初春の寒風のなかで、青々と茂っている。今年の冬はあの葉にごっそりと雪を乗せていた。重たそうに枝を傾げながら、春が来るのをじっと耐えているその緑と純白の塩梅が絶妙で、義元は縁に座り一刻あまりも一人で眺めていた。

ふと、師の背中を思い出す。只管打坐《しかんたざ》。無心で座禅に臨む師とともに、時を忘れてひたすら己の裡に埋没していた日々が、脳裏に鮮明に蘇る。

近頃、なにかの拍子に昔のことを良く思い出すようになった。四十を越え、振り返ることができるほどに長い道程が、己の後ろに伸びているということか。

尾張の信長は二十七という。目の前の元康は十九だ。

若い。

人の生に四季があるとするならば、信長は盛夏の只中にいる。元康は春と梅雨《つゆ》を過ぎ、これから夏へと至らんとする頃合いであろうか。

己はどうだ。

秋……。

長き道中の間、じっくり育ててきた作物たちが実る頃合いである。

いや。

冬か。

違う。

寒さに身を凍らせ、縮こまって死を待つようなつもりはない。冬の寒さを感じるには、まだまだ義元は若すぎる。

灰色の寒い庭から逃れるように、若き三河の侍を見遣った。

「幼き頃の其方が思うた信長という男のことを聞かせてくれぬか」

「わかりました」

今度は素直に元康はうなずいた。義元が疑っていないことがわかって安堵しているのか、先刻までの険が、引き締まった顔から消えている。

「某がまだ七つか八つの頃のことでござります。その時はまだ信長も今の某より若うござりました。尾張を平らげた、今の信長とは違っておりましょうが」

「良い。御主の思うたことを聞かせてくれれば良いのだ」

「承知仕りました」

このあたりの誠実さが、元康の美徳である。他家に隷属し、思うままに生きられずに成長したとは思えぬほど、心根が曲がっていない。

「某がはじめて信長と会うたのは、熱田《あつた》の加藤《かとう》家の屋敷にござりもうした」

「そこに御主はおったのであったな」

「はい」

小さくうなずいて、元康は続けた。

「加藤家は熱田の商人でござりました。信長の父、信秀は津島を領し、銭勘定に長《た》けておったそうにござりまするが、その時、信長が加藤家に現れたのも、銭金のためにござりましょう」

別段、熱を帯びるでもなく若者は淡々と語る。義元は口を挟まず、懐から檜扇を取り出して折り畳んだまま両手で弄ぶ。

「今でもはっきり覚えておりまする。御主が三河の餓鬼か。それが某を見た信長が初めて吐いた言葉にござります」

語気に若干の嫌悪が滲んでいる。

「信長はそう言ったかと思うと、ずかずかと大股で目の前まで来ると、しゃがみ込んで某の顔を覗き込み申した」

「格好は」

「湯帷子を荒縄で結び、総髪を乱暴に派手な色の糸で結び、腰には瓢箪《ひょうたん》やら袋やらいろいろと括りつけておりました」

「若き頃の信長はうつけであったという噂は真であったか」

「加藤家の者たちも裏ではそう囁き合っておったのを覚えておりまする」

こういう話を聞くと、なぜか信長という男に興味をそそられてしまう。

一筋縄では行かぬ気配とでもいうのだろうか。信長という男の噂が耳に入る度、常人とは違う理が感じられる。

舅である道三との会見の折、道中ではうつけでありながら、会見中は見事な武者ぶりで美濃の者たちを圧倒させたとか、赤子の時に乳母の乳首を嚙み切ったという他愛のない話にまで、どこか常の者とは違う気配が滲んでいるのだ。

破格……。

人の枠では推し量れぬところがあることは、果たして良いことなのか。常ならぬ者は、他者から理解されぬものだ。実際、義元自身も隣国の主である信長という男のことを計りかねている。

信長がまだ弾正忠家の家督を継いだばかりの頃、義元はちょっかいを出したことがある。あの信秀の息子はどの程度の男か。知多半島、村木の地に城を築かせ、信長の出方を見た。こちらの動きを機敏に悟った信長は知多の地に船を乗り付け、正面から城を攻め落とした。

魯鈍《ろどん》ではない。それだけがわかれば、まずは十分だった。なにせその頃の尾張には、信長の敵が沢山いたのだ。それに、甲斐の武田と相模の北条との三つ巴の盟約がようやく実現するかという微妙な時期でもあった。

義元は信長から手を引いた。

それから五年あまりの間に、信長は守護代の家老という地位から、尾張一国を領する大名にのし上がってしまったのである。

そそられる男だ。

義元はほくそ笑む。

「尾張のうつけ殿は、それからどうした」

先をうながされた元康は、頰を引き締めて続ける。

「鼻先まで顔を近づけ、尾張はどうじゃ、と大声で聞いてきました」

「其方はその時、どう思った」

「嫌だったのを覚えておりまする」

「ほぉ、なにが嫌であったのだ」

「鼻が触れるほどに近付いておるのだから、大声を出さずとも聞こえましょう。だのにあの男は、唾《つば》を吐きながら怒鳴り申した。あ、思い出しました」

「なにを思い出した」

「あの男が怒鳴った時に、獣のような臭いがいたしました。あの男の息の臭いにござりまする。それが嫌で嫌でたまりませんでした」

「ほほほほ」

閉じたままの檜扇を口許に寄せ、声をあげて笑う。

「信長の息が臭うて嫌だったのか。竹千代《たけちよ》は」

脳裏に幼い元康の姿が浮かび、つい幼名で呼んでしまった。それを聞いて元康も、屈託のない笑みを浮かべた。

「その名で呼ばれたのは久方振りです」

信長のことを語る時とは一変し、にこやかに言った元康は嬉しそうである。

「そうであるな。昔は竹千代、竹千代と大声で呼んで屋敷を探し回っておったな」

幼き頃は闊達な子で、良く姿をくらましていた。松平家の重臣たちが必死になって探しているのに混じって、義元も竹千代探しに戯れたことを思い出す。

「良く、かくれんぼに付き合わされた」

「なんともお恥ずかしき限りにござりまする。面目次第もござりませぬ」

「いやいや、楽しかった。氏真も一緒になって隠れおってな。今川も松平も無く、家臣ども総出で探してなぁ。ほほほほ」

久方振りに笑っている。

やはり。

昔のことを良く思い出す。

「信長は嫌いか」

ひとしきり笑い合ってから、笑みは絶やさずに問うた。一方、元康は問いを投げられると顔をひきしめ大きくうなずいた。

「嫌いにござりまする」

しかし、と言って元康は続けた。

「最早、某は童ではござりませぬ。人を好き嫌いで推し量ることはいたしませぬ」

「幼き竹千代殿は、信長のことが嫌いだったのだな」

「今でも、あの乱暴で遠慮のないあの男のことを思い出すと怖気《おぞけ》立ちまする」

「そうか」

「しかし」

「なんじゃ」

元康は義元の視線から逃れるように、瞳を斜めにやって床を見つめる。

「あの男が尾張を手中に収めたと聞いた時、やはりと思いました」

「やはり、とな」

「はい」

うなずいた元康の喉がごくりと鳴る。

「遠慮するな。何故そう思うたのか忌憚無う話してみよ」

「目が……」

どう伝えて良いか思い悩んでいるのか、若者は親指を口許に当てながら考えている。義元は邪魔をせず黙したまま待つ。視界の端に捉えている元忠が、しきりに主の背中に目をやっている。下手なことを言い出すのではあるまいかと心配して、じっとしていられないようだった。

「目がどうした」

ずいぶん待ってから、義元はうながした。はっと目を上げ、上座の庇護者を見る若者は、肩で小さく息をしてから、ゆっくりと語り始めた。

「幾度かあの男と会い、言葉を交わし、時には加藤家から連れ出されて熱田の街をともに歩いたりもしたのですが」

無言のまま、うなずきだけで先を催促する。

「あの信長という男の考えていることが、某にはひとつとしてわかりませなんだ」

「目はどうした」

「人は目を見れば、なにを思うておるのかがわかりまする」

たしかに目は口ほどに物を言う。しかしそれを見定めることができるのは、多くを経験した後のことである。信長と会った頃の元康は八つかそこらなのだ。まだ、己のことすら見極めることのできぬ年頃ではないか。目から心を読み取るなど土台無理な話だ。

「しかし信長という男は、どれだけ目を合わせても、次にこの男がなにをするのか、一向にわかりませなんだ。楽しいのか怒っているのか。わからぬ故、某はいつも恐ろしゅうござりました」

「恐ろしかったか信長が」

「はい」

誠実にうなずく元康の目に、戸惑いの色が宿っている。

「大丈夫じゃ。思うたことを語れば良い」

「承知仕りました」

「なにを考えておるかわからなんだか」

「楽しいのかと思うたら、いきなり家臣を怒鳴りつける。怒っておると思うたら、大声で笑い出してそこらじゅうを転がり回る。某は本当に恐ろしかった」

その時のことがありありと思い出されたのか、元康が目を虚空《こくう》に彷徨《さまよ》わせながら激しく身震いした。

「あの男の手筋を読み切ることは、容易ではござりませぬ。尾張の守護代風情が御せるような男ではない」

そこで、なにかに気付いたように元康が顔を上げて、義元に問うた。

「たしか、三河守様はあの男にお会いしておるはずですが」

「うむ」

たしかに会っている。

四年前だ。信長が尾張下四郡を支配していた頃のことである。義元は三河守護、吉良義昭《よしあき》と、尾張守護、斯波義銀の会見を信長に申し出た。両者の守護としての序列を一度、明確に決めておこうという理屈をつけての強引な申し出であったが、義銀を要する信長はこれを受けた。

両者は三河国上野原《うえのはら》に互いに陣を布き、向かい合う陣の中央で、三河尾張両国の守護は会見に臨んだのである。この時、両者の後見人して、義元と信長は顔を合わせたのだ。

当然、それが目的であった。

守護代家の家老風情でありながら、幾度となく三河に侵攻し、義元を悩ませてきた織田信秀の嫡男であり、信秀亡きあと、弾正忠家を継いだ信長という男をひと目見ておきたかったのである。

「某などの話など聞かずとも、三河守様は信長を見ておられましょう。三河守様は、あの男のことをどう思われましたか」

「わからぬ」

答えると同時に、元康が目をかっと見開いた。己が抱いた印象と同じことを、義元が思ったと感じたらしい。

「違う」

先回りして制する。

「わからぬと申したのは、奴の考えておることがではない。守護の後ろに座しておったのでな。言葉を交わしたのも、ひとつかふたつよ。人の裡を見るには、あまりにも短き対面であった」

義元が覚えている信長は、目にも眩《まぶ》しい群青《ぐんじょう》の大紋を付けた細面《ほそおもて》の男という程度のものである。

「奴はこちらを見もせなんだ」

陣幕の裡に入り床几《しょうぎ》に座り、義銀とともに辞するまで、信長はずっと目を伏せていた。死人のように指ひとつ動かさず、守護達の会話を聞いていたのを覚えている。

「そうじゃ」

掌中の檜扇でぽんと膝を叩く。

「なにか」

首を傾げて元康が問う。

「死人じゃ」

「死人……。にござりまするか」

問うた元康に、うなずきを返し、義元は四年前に見た信長を思い出す。

「奴は死人のごとき虚ろさを総身に漂わせたまま、尾張守護の背後に座っておった」

「しかし三河守様は、言葉をお交わしになられたのでしょう」

「そうじゃ。たしかに信長と言葉を交わした。じゃが」

元康が固唾を呑んで言葉を待つ。

「覚えておらぬ」

「なんと」

「なにを話したのか思い出せぬ」

信長に会うために半ば強引に設《しつら》えた場である。目当ての男と会話を交わして覚えていないわけがない。なのに、まったく思い出せないのだ。頭にあるのは守護の後ろで死人のようにして座る姿のみで、あとはすべて頭から消し飛んでしまっている。

「信長……」

憎々しげに元康がつぶやく。信長を悪しく思っていることに偽りはないようである。義元は檜扇を懐に仕舞い、鼻から深く息を吸う。

落ち着け……。

胸の奥に芽生えた動揺を、瞑目して心の大海に溶かしてゆく。信長という黒い染みは、清浄な紺碧《こんぺき》の水面に落ちて滲んで消えた。

「忘れたということは、それだけの男であったということだ」

「しかし三河守様」

先刻から場を覆っている張り詰めた気配にいまだ呑まれたままの元康が、なおも詰め寄ろうとするのを、笑顔で受け止める。

「其方は童であったのだ。領国の民からうつけと悪しざまに罵られる者の心の裡などわかろうはずもあるまい」

すでに義元には、信長に対する不安は微《み》塵《じん》もない。

「尾張一統を成したという一事において、我も其方も、信長という男に過大な幻をまとわせておるのだ」

「そう……。でありましょうや」

「心根を余人に容易に読み取られる者に一国を支えることなどできぬ」

「そうかもしれませぬ」

曖昧な相槌を打った元康が、義元との対峙に耐えきれなくなったように、背後の元忠に目をやった。しかし元忠は、主と目を合わせるのを拒むように膝下の虚空を睨んだまま微動だにしない。一国を支えるという言葉は、いまの元康には理解できようはずもない。

元忠と視線を交えることができなかった若き侍が、悲しそうにうつむく。己が身を憐れんでもなにもはじまらない。道を切り開くのは、常に自分自身なのである。

義元は胸を張り、うなだれる若者に丹田《たんでん》に込めた気を絡《から》めた言葉を投げた。

「我は誰じゃ元康」

張りのある声に頬を叩かれるようにして、元康が顔を上げる。わずかに潤んだ瞳で、上座の義元を見た。視線が交錯する。

「よ、義元様……」

ぼんやりとつぶやいた若者に、力強くうなずいてやる。

「そうじゃ。我は今川三河守義元ぞ」

それだけで十分である。

「我が道をさえぎる者は何人《なんぴと》であろうと退けるのみ。尾張のうつけごとき、我にとっては塵《ちり》に同じぞ」

「三河守様は信長を討つおつもりなのですね」

「武田、北条と手を結び、其方の力添えもあり三河もようよう治まった」

「次は尾張」

若者の言葉に満面の笑みでうなずく。

「尾張、そして美濃。不破関《ふわのせき》を越えれば近江《おうみ》。琵琶湖《びわこ》の水を追ってゆけば、その後は」

「都……。にござりまするか」

「そうじゃ」

歓喜の声とともに、義元は立ち上がった。先刻の話で脳裏に像を結んだ若き日の信長のように、大股で元康にちかづく。そして勢い良くしゃがみ込むと、鼻が触れ合うほどに顔を寄せた。

肩をつかむ。

こういう真似は不得手である。人の間合いにずかずかと無遠慮に踏み込んで、あまつさえ体の一部に触れるなど、無粋極まりない行いではないか。上座を離れて目下の者にみずから寄るなど、下賤な者のやることだ。己の裡に生まれた幻影にみずからを重ねることで、心根を覗き見る。

信長……。

なんとも粗野な男ではないか。

そして。

迷いがない。

裡に燃ゆる情の熱にその身を任せ、思うままに生きている者でなければ、初対面の者にこれほど大胆なことはできぬ。

「三河守様。いかがなされましたか」

目の前の元康の両の目が、近づき過ぎて重なって見える。ひとつ目の化け物のようになっている元康に、顔を寄せたまま語る。

「麻のごとく乱れた天下を治めうる者は、この義元をおいて他にはおらぬ。元康よ」

肩をつかむ手に自然と力が籠る。腹の底から熱い力が湧き上がって来て、手足の指先までみなぎってゆく。若者の肩から伝わる熱と、みずからの言葉。そして間近に迫る元康の瞳の輝きに、魂が揺さぶられている。

熱い。

体じゅうが燃えている。

「信長は、我の長き旅路に転がる石塊《いしくれ》よ。早々に片付け、先を急がねばならん。案ずるな。何年かかろうと、かならず我は兵とともに都に入る。その時こそ、治まりきった三河を其方に与えよう。数年じゃ。数年の辛抱ぞ。耐えて、我のために働いてくれ」

下賤で無粋な行いのくせに、どうしてこうまで体が熱く震えるのだろうか。信長という男は、この熱の渦中で生きているというのか。

「三河守様」

元康が肩をつかむ手にそっと触れ、頭を下げながら離し、膝をすべらせ下がった。そしていっそう深く辞儀をすると、背後の元忠も主に倣《なら》って低頭する。

「この松平元康。三河守様の大望のため、身命を賭《と》して戦う所存にござります。なんなりと仰せつけくださいませ」

「頼んだぞ」

肩から離れた手を虚空に漂わせたまま、義元は目の奥から流れ出そうになっている熱いものを必死に押し留めていた。

評定《ひょうじょう》である。

駿府今川館の大広間に、領国から集まった家臣たちがびっしりと並んでいた。横並び、十ほどの列ができている。義元は左右に近習を従えながら、一段高くなった上座に腰を落ち着けていた。

一門衆、重臣の他に、寄親《よりおや》たちも集められている。今川家の侍たちは、寄親とそれに従う寄子《よりこ》によって形成されている。領国に散らばる寄親たちが、義元を中心とした今川家の決定をみずからの寄子に伝え、寄子たちによって郷村の民の耳にまで届けられるのだ。兵を集めるのも、この制を利用する。どの親にどの子が属しているかという記録が克明に残されているため、動員される兵数は厳格に定められていた。

むくつけき男どもの濃い呼気が広間に満ちている。三方を開け放っているというのに、義元は口をおおわれているような息苦しさを感じていた。開かれた戸のむこうに見える空が、黒雲に覆われている。梅雨時のじめつきが、男たちの熱気を広間に押し留めているのだ。

この息苦しさに最低でも一刻《いっとき》あまりは耐えなければならぬのかと思うと、わずかに沈鬱な気持ちになる。開いた檜扇で顔を扇ぐ。せめて己の周囲のじめつきくらいは払い去りたいと思う。

「申し上げまする」

最前列に座る一際大柄な男がわずかに前に出て言った。胴間声が広間に響き、男たちのざわめきが止む。

朝比奈《あさひな》備中守《びっちゅうのかみ》泰朝《やすとも》。

今川家譜代の臣であり、その武勇は他国にも知れ渡っている。義元は、戦場で常に重要な役どころを担わせて重用していた。

今川家きっての猛将の声に、誰もが耳を澄ましている。

手を止め、檜扇をたたむ。それからゆるりとうなずく。すると泰朝は、筋張って顎の張った顔を大きく上下させた。

「織田が大高城を取り囲むように砦《とりで》を築いておりまする。鷲津《わしづ》、丸根《まるね》、正光寺《しょうこうじ》、向山《むかいやま》、氷上山《ひかみやま》と、五つの砦で城を囲み、織田の領国へと至る道中、中島《なかしま》、善照寺《ぜんしょうじ》、丹下《たんげ》にも砦を備えておりまする」

信長が大高城のために砦を築きはじめているという報せは、かねてから受けていた。寄親たちも集うこの評定の席で、皆に報せるためにも泰朝にあらためて報告させたのである。

「織田が大高城を狙うておるのは火を見るよりも明らかにござるっ！」

泰朝が、わざとらしく吼《ほ》えた。義元に聞かせている体ではあるが、家臣たちにむけての言葉である。

「そうだな」

義元は鷹揚に答える。広間の隅々にまで行き届いているかどうかなどどうでも良いのだ。わざわざ主がそこまで気を遣う必要はない。話が進むことが肝要なのである。

芝居は泰朝に任せれば良い。

「大高城は我等が尾張に打った楔《くさび》にござりまする。大高、鳴海、沓掛。この三つの城が取られれば、尾張は完全に今川の手から離れまする」

八年前、鳴海城の主で織田信秀の臣であった山口教継が今川に寝返った際、調略によって大高、沓掛両城を籠絡《ろうらく》し、手に入れた城である。その後、教継とその子は、罪をでっち上げ腹を斬らせた。これによって、この尾張の三つの城は完全に義元の物となっていた。

この三つの城があるが故に、尾張国の東部は今川家が領する所となっている。

「尾張支配のためにも、大高城は死守せねばなりませぬっ！」

勢いこんで泰朝が言った。締まった顔の真ん中にあるぎょろりとした瞳が、黒々と輝き、それを包む眼の白さをいっそう際立たせている。怒気や殺気をみなぎらせた時、この男の目は異様なまでに厳しい光を放つ。大勢の臣下を前にしたまま、己が泰朝の敵であったらと夢想する。さすがに腰を抜かすことはないだろうが、真正面から堂々と刃を交えることができるかどうかは怪しい。

「殿っ」

大声で我に返る。泰朝が顔を赤らめていた。主が忘我の境地にあったことを悟っている顔色であった。

仕方あるまいと心の裡で言い訳する。

決まりきったことを定められた道筋でなぞっているだけの流れなど、己が黙っていても進んでいくではないか。泰朝の話は、義元ではなく寄親たちに聞かせているのである。重臣たちで勝手に進めてくれれば良いのだが、生真面目な泰朝はそれを許さない。適当なところで義元の相槌が欲しいのだ。

「大高城が奪われてしまえば、鳴海城との連絡も断たれましょう。そうなれば残るは沓掛のみとなりまする。国境にもっとも近い沓掛のみとなれば、信長めが尾張一国を支配したも同然」

鳴海、大高両城は伊勢湾に接しており、尾張国内に深く入り込んでいる。このふたつの城を得ているために、今川家は三河の渥美《あつみ》半島とともに伊勢湾海運の一大拠点を築くことができていた。

それに、鳴海城を西に一里ほど行けば、熱田神宮である。熱田神宮から信長のいる清洲までは三里。つまり四里ほどで、信長の居城へと辿り着く。

鳴海城の支配こそが、尾張侵攻の要である。

義元は鳴海の城を手に入れるとすぐに、家中でも泰朝と並び称されるほどの剛の者、岡部《おかべ》元信《もとのぶ》を守将に選んだ。

「織田が築いた砦を一刻も早く取り除き、大高城を死守せねばなりませぬっ！」

泰朝の鼻息の荒い話が終わると、家臣たちがいっせいにざわめきはじめる。一人一人は発言の意思を持っていない。ただ隣や前後の者とささやきあっているだけのつもりだろうが、広間を埋め尽くすほどの人数が集うと、ささやきだけで大きな音の波になる。

「殿っ！」

己を呼んでいる泰朝の声が、義元には「黙れっ！」と聞こえた。じっさい、ささやきあっていた皆が息継ぎをした刹那の虚を衝《つ》いた大声は、場を静まり返らせるのに十分な効果を発揮した。

静寂を取り戻したのを確認してから、泰朝が両手を床についてずいと滑らせ、もう一度上座に寄った。

「いかがなされまするか」

ひととおりの流れを済ませましたと、真一文字に結ばれた泰朝の唇が無言のうちに主に告げていた。義元は笑みを投げ、猛将の熱を帯びた演技を褒め、居並ぶ家臣たちを一望する。

「其方たちは如何に思う」

「やるべしっ！」

「ひとつのこらず焼き払うべしっ！」

方々から猛々《たけだけ》しい言葉が返ってきた。皆、泰朝の進言に異存はないようである。同朋たちの声に背を押されるように、一人上座に近い泰朝が邪なまでに唇を歪めながら、言葉を重ねる。

「砦をことごとく討ち払いし後は、熱田あたりまで足を伸ばし、家々を焼き、思う存分暴れてやりましょうぞ。まぁ、田を刈るにはまだ早うござりまするが、熱田の商家の蔵にはいくらも蓄えがござりましょう」

乱取《らんどり》である。

手柄首など滅多に得ることのできぬ雑兵《ぞうひょう》たちにとって、他国での略奪は重要な収入であった。乱取のために戦に出向くという者も多い。それでも寄親が正式に集めた者たちはまだ行儀が良い。陣借りをして、戦に加わっている浪々の身の侍や荒くれ者どもなどは、はなから手柄を得ることなど考えもせず、乱取だけに励む者もいる。あくどい者になると、ろくに戦いもせず、乱取を終えるとさっさと陣から消える者までいるのだ。

敵国に攻め込んだら乱取をするのは当たり前。それが戦なのだ。

「ならぬ」

義元はひと言で泰朝を切り捨てる。

なにを咎《とが》められたのかわからぬ武人は、愚かなほどに口をあんぐりと開き、首を傾げたまま固まった。義元には泰朝を責めるつもりはない。顔にも声にも情を含ませることなく、淡々と言葉を足した。

「今度《こたび》の出陣では、兵たちの乱取や不法なる行いは断じて禁ずる。こは陣触れとともに各々に触れを出す故、寄子や足軽雑兵《ぞうひょう》にいたるまでかならず徹底させよ」

「それでは」

「尾張に兵を出す」

面と向かって乱取を禁じられた直後の出陣の表明に、泰朝は喜んでよいのかどうか躊躇っていた。眉をへの字にして、前進している体を退けようか留めておこうかと迷い、尻をもじもじさせている。そんな荒武者の隣に座る若者が、真っ直ぐな眼差しを義元に注ぎながら声を吐いた。

「殿、総大将は何方《どなた》に」

三浦義就《みうらよしなり》である。

若い同朋に言葉を挟まれ、泰朝が我を取り戻し、膝を打った。

「そうじゃ、総大将にござる。殿、総大将は誰になされるおつもりか」

「それは今、義就が聞いたぞ」

一際声を高くして泰朝に言葉を浴びせると、家臣たちがどっと笑った。たしなめられた壮年の荒武者は、首の裏を掻きながら肩をすくめている。

笑いが収まるまで待ってから、義元は声を張った。

「我みずから出る」

今日一番のどよめきが広間を包んだ。

「と、殿みずから御出陣なされると」

義就にうなずきを返し、前列に並ぶ重臣たちを見遣る。

「すでに我は家督を氏真に譲った隠居の身ぞ。国の政に支障はあるまい」

「兵は如何程」

重臣のなかから問う声が聞こえる。その方を見て義元はすかさず答えた。

「用意できるだけの兵を連れてゆく」

「なんとっ！」

口を閉ざして耐えていた泰朝が、思わずといった様子で声を上げた。その目は戦と聞いて爛々《らんらん》と輝いている。

「四万は下りませぬぞ」

「我の目算では四万五千に達するはずじゃ」

寄親と寄子を厳格に定めているため、兵数の試算は明確で迅速に出すことができる。四万五千という数を聞いて、それまでざわついていた家臣たちが一気に静まり返った。

「何故、それほどの数の兵が要《い》るのでござりましょうや」

静まり返ったなかで、若き義就の声が義元の耳に鋭く届いた。若いが故の素直な問いに、義元は自然と口許をほころばせる。義就の着る緋《ひ》色の大紋が、燃え盛る炎のように眩しかった。

若いということは、それだけで力である。

自然と目が元康を探す。一門衆の末席に、三河の臣を連れず単身、元康が座っていた。皆のように心を騒がせているかと思ったが、意外と落ち着いているようである。

義元の視線に即座に気付き、小さな目礼をするだけの余裕があった。

元康から目をそらし、ふたたび緋色の若者を見る。

「尾張国内の敵対勢力を退けたとはいえ、いまだ信長には多くの兵を集められるだけの力はござらぬと思われまする。多くの砦を打ち払うにしても、四万五千もの兵はいささか多すぎるかと存じまする」

「止まらぬ」

「なんと」

真意を読み取れず、義就は顔をしかめる。素直な面持ちが好ましい。

折り畳んだままの檜扇をゆるりと掲げ、天を指す。そしてゆっくりと下ろして、開け放たれた部屋のむこうに見える曇天の空を示した。

「こは大高城から敵を追うだけの戦にあらず」

「尾張を取りまするかっ！」

　泰朝が叫んだ。今にも立ち上がらんとする勢いである。体が武者震いと歓喜で震えていた。

「それは信長の器量次第じゃ。まずは大高城の付け城を落とす。それが終われば大高城を拠点として、鳴海城から熱田へとむかう。信長とどこでぶつかるか解らぬが、奴が城に籠ったならば、それを囲む」

　四万五千という数の大波で、尾張を呑みこむのだ。信長が元康の言う通り、手筋の読めぬ男であったとしても、これほどの数に攻め寄せられたならば、抗うことはできはしない。

　王道の前には、邪道も非道も通用しないのだ。

　扇を掌中に収め、ちらと元康を見る。

　四万五千もの兵による大高城救援に留まらぬ尾張侵攻。恐らく思いもしなかったのであろう。しっかりと閉じた口許が、強張っている。

「元康殿」

　いきなり名を呼ばれ、若き松平家の当主は大きく肩を上下させ、刹那のうちに我に返って頭を垂れた。

「ははっ！」

何故、この小童が呼ばれたのかと、重臣や古参の家臣たちが驚いている。齢十九、初陣は済ませているとはいうものの、戦場での武功はここに集う者たちのなかではまだまだ少ない。戦評定の席で名を呼ばれるということは、なんらかの役目を与えられることになると暗に示されたようなもの。驚いている家臣たちよりも、元康本人が誰よりも戸惑っている。

「今度の戦、御主の働きに期待しておるぞ」

この中で誰よりも若い元康は、家中にて信長という男を知る数少ない一人である。若くして尾張一国を纏め上げてみせた男にぶつけるに相応しいと思っていた。

「ははぁっ！」

腹に込めたすべての気を声にしたかのように、元康は広間に集う者の心に届くほどの大音声《だいおんじょう》で応えた。

「うむ」

目を細めてうなずいてやってから、泰朝の紅潮した顔を見る。

「若き者に負けるなよ」

鼻から盛大に息を吐き、泰朝がめいっぱい胸を張った。

「愚問にござりまするぞ殿っ！　某はこの時をどれほど待っておったことか。今は亡き雪斎殿が遺してゆかれた西上への道。いつ殿は歩まれるのかと思うておりましたが。遂に……。遂に……」

武骨な忠臣が声を詰まらせる。

風が吹いた。

曇天とは思えぬ清々しい風が広間を駆け抜けてゆく。あれほど息苦しかったはずの広間の湿気が、涼やかな風とともに洗い流された。

神気に満ちた風を鼻から吸い込む。

「雪斎」

風の名を呼ぶ。

家臣たちには聞こえていない。

行け……。

風が語りかけてくる。

「待たせた」

天を見上げ、瞑目した。

瞼の裏に在りし日の雪斎の顔が蘇《よみがえ》る。

笑っていた。
やっと。
あの日の約束を果たす時がきた。
義元は閉じていた瞼を開き、師の笑みと決別すると、猛る家臣たちを睥睨《へいげい》する。
「良いか。我は止まらぬ。我の刃は御主たちじゃ。皆、頼んだぞ」
雄叫《おたけ》びが広間を震わせた。

永禄三年五月十二日。
今川三河守義元は、四万五千の兵とともに駿府を発した。

尾張を目指して。

肆　信長

なんと愚かしきことか。

「四万五千じゃとっ！　そのような大軍を率いておるはずがなかろうっ！」

「そもそも義元みずから出陣したというのは真なのかっ！　信じられんっ！」

「家督は息子に譲っておるのだ。義元が出て来ても不思議ではあるまい」

「過日、義元は三河守に任じられておる。今川家のことは息子に任せ、己は三河を治め、その先を考えておるのであろう」

「その先とはなんじゃ、その先とはっ！」

いっこうにまとまらぬ家臣どもの口喧嘩を、信長は脇息《きょうそく》にもたれかかるようにして眺めていた。

ついに今川義元が動いた。

物見の報せによれば、四万を超す兵を率いて尾張にむかっているという。駿府を発したのは五日前のこと。敵は今、沓掛城にいる。沓掛城は尾張国内だ。義元が動けば、その日のうちに報せが届くはずである。

「とにかくっ、すぐにでも陣触れをいたさねばならぬっ！」

ひときわ大声で言い放ったのは権六であった。二年前まで弟に従っていたというのに、昔から信長の臣であったかのように大きな顔をしている。義元沓掛入城の報せが入って家臣たちが集められ、すでに一刻あまり。常にこの男が話の流れを作っている。流れといってもただ皆が思い思いのことを口にするだけで、指針もなにもあったものではない。そんな愚にも付かぬ評定の流れなのだ。誰よりも声が大きいから、主導しているように見えるだけである。

何人かの家臣が権六の言にうなずいていた。丹羽五郎左《にわごろうざ》などは、権六の腰巾着《こしぎんちゃく》にでもなったかのように最前からそうじゃそうじゃと鬼瓦の背中をしきりに押している。

この評定の間、信長はまだひと言も発していない。

そんな主を権六が横目でちらちらとうかがっている。どれだけ大声でがなり立ててもなにも返ってこないことに戸惑っているようだった。

「どうじゃっ！　そうであろう皆の衆っ！」

またなにか愚直な策を垂れ流したのであろう。五郎左を筆頭にして、権六の言に家臣どもがうなずいている。

信長は聞いてすらいなかった。わざわざ問いかけて言い直させることもないと思っている。

敵の狙いは明らかだ。

大高城に付けている砦群を打ち払い、城を守るための後詰《ごづめ》である。

これは間違いない。

腑に落ちないのは敵の兵数と、総大将である。

四万五千もの大軍を義元本人が率いての行軍だというではないか。たったひとつの城の攻防のために向けられる軍勢ではない。

だからこそ。

家臣たちは皆、恐れているのだ。

「来るぞっ！　義元は必ず清洲まで攻め上ってくるつもりじゃやっ！」

叫んだのは林秀貞《はやしひでさだ》である。

秀貞は信長が那古野の城を与えられた頃からの臣で、死んだ平手政秀とともに幼き信長を支えた。しかし秀貞は密かに信行と通じ、信長を放逐《ほうちく》しようと画策している。

一度目の謀反の折、戦に勝利した後に権六らとともに罪を認めた秀貞を、信長は許している。荒々しいことは好まぬ男で、武士でありながら戦は不得手。評定には加わっているが、戦の頭数にははなから入っていない。秀貞自身も、己が参陣するなどということは、頭の隅にも無いだろう。

心底から戦を恐れているのか、いつもいつも気弱な発言をする。

「四万じゃぞ四万。急ぎ尾張じゅうから兵を掻き集めても敵うわけがあるまい」

「戦う前から敗けることを考える者がどこにおりましょうやっ！」

床を叩きつけながら権六が吼えた。家臣としての席次は秀貞のほうが上である。そのあたりのことは権六もわきまえているから不遜な言葉遣いはしない。そもそも権六は、目上だ目下だということにうるさい。目上の者に不遜な態度を取らぬように、下の者の無礼には断固として厳しく接する。そのため、権六よりも席次が下の者たちは、鬼瓦のごとき面を遠くに見ただけで背筋を正し固まる。

「わ、儂は別に敗けると申しては……」

悪鬼《あっき》の凄まじい勢いに怖気づいた秀貞が、額に汗を浮かべて顔をすぼめる。

「梅干しでも喰ろうたか」

信長がこの日はじめて発した言葉を耳にした家臣たちが、一斉に固まった。言われた秀貞自身が、己にかけられた言葉であることすらわからずに、目を真ん丸にして上座の主を呆然と眺めている。

「酸っぱそうな面をしておるが、梅干しでも喰ろうたのか秀貞」

末席に侍っている馬廻りの者たちが、どっと笑った。それを聞いた権六の額に、太い筋がめきめきと浮かび上がる。

「黙らぬかっ！」

一喝されて馬廻りの者たちが、肩をすくめて口をつぐむ。どれも信長と大差ない年である。領内から信長自身が集めさせた者たちだ。みずからの所領を持つ秀貞や権六たちが率いる兵とは違い、彼等は信長が行くと言えばすぐさまともに駆けることができる。いわば信長の所有物であった。

故に。

素行は悪い。

権六たちとは違い、同朋との柵《しがらみ》も少ないし、耳を貸すのは主の言葉のみで良い。誰に嫌われようと己の出世の妨げになることもない。信長の命に従い、信長に仕え、信長のために功を挙げさえすれば良いのだ。

彼等の元は、信長がうつけと呼ばれていた頃の悪友たちである。心のどこかに信長同様の皮肉を秘めているのだ。

周囲のことばかり窺い、上だ下だとがなり立て、誰かの許しや大義名分が無ければ動くことすらままならない。そんな大人たちを、その醒《さ》めた眼で嘲笑《あざわら》っている。まさに信長の馬廻りに侍るに相応しい者たちであった。

「とにかく」

咳払いをひとつして、権六が場の流れを仕切り直した。秀貞は老いてじめついた視線を背後の若者たちに肩越しに投げかけている。馬廻りの阿呆どもは、まったく意に介していない。不敵な笑みを浮かべ、半眼の目でぼんやりと大人たちの背中を眺めている。

「このまま城に座しておっては、数日中にも今川の兵どもに囲まれてしまいまする」

権六の頭の中には、大高城に付けている砦の守将たちの懸命な戦いなど物の数には入っていないのだ。彼等は敗れ、砦は数日のうちに落ちて、大軍が清洲の城に押し寄せると言っている。人のことを弱気だなんだと責めたことを、すっかり忘れてしまっているのだ。

「早急に兵を集めねばなりませぬ。そのためにも、道を示していただかなければなりませぬ信長様」

脇息にもたれかかった体は、これ以上ないというほど斜めに傾いでいた。だらしなく開いた唇からは、いまにも涎《よだれ》が零《こぼ》れ落ちそうである。

眠い。

欠伸《あくび》を堪えるのに精一杯である。すでに一刻半は過ぎたであろうか。それほど長い間、延々と家臣達の愚かな喚《わめ》き声を黙って聞き続けていたのだから、眠くなるのも当然である。こんな男に道を示すことなど出来る訳がなかろうと、心のなかで鬼瓦に言ってやった。

が……。

口にはしない。

鬼瓦のいかつい体のむこう。部屋の隅に並ぶ馬廻りたちが、上座を指差し、肩を震わせている。主が必死に眠気に抗っている姿が可笑しくてたまらないのだ。

「仕方なかろうっ」

権六の肩越しに馬廻り共にむかって言い放つ。気付いた馬廻りたちが、いっそう激しく肩を揺する。先刻権六にたしなめられていなければ、床を転がって大笑しているはずだ。

「の、信長様」

主の発言の趣旨が理解できず、権六は目を白黒させている。隣に座る五郎左などは、理解するのを諦《あきら》めているのか目を伏せ評定が再開されるのを待っていた。

「道を示してくださらぬと、我等も兵になんと申せば良いかわかりませぬ」

城を打って出るのか。

それとも籠るのか。

もちろん権六の言葉の真意はわかっている。

「雨は……」

虚ろな目を黒くくすんだ天井にむけて、ぼんやりと言った。

「雨がなにか」

素《す》っ頓狂《とんきょう》な声で権六が答えた。他の者どもは二人の遣り取りを黙ったまま見守っている。唐突な主の怒りを受けたくはないから、下手なことを口走りはしない。そういう意味において、ずかずかと己が想いを口にして信長の真意を引き出そうとする権六の胆力は、大したものである。

実際に信長の勘気に触れて放逐された者もいるのだ。いま部屋の隅に侍っている者たちと同類であった前田《まえだ》犬千代《いぬちよ》もその一人である。津島をうろついていた頃からの仲間であった犬千代であるが、信長が気に入っていた同朋衆《どうぼうしゅう》、拾阿弥《じゅうあみ》と諍《いさか》いを起こし、これを斬り捨てた。その時の信長の怒りは凄まじく、犬千代を斬らんとしたが、権六たちに説得され思い止まった。今なお犬千代は、許していない。放逐したまま、どこでなにをしているのやら。清洲城の近くの長屋に妻とともに住んでいるなどという話も聞くが、手を差し伸べてやるつもりはない。

信長は家臣たちの畏怖など微塵も顧《かえり》みない。天井をぼんやり眺めながら、武骨な鬼にむかって言葉を継ぐ。

「降るかのぉ」

「なにがでござるか」

前の言葉を発して随分長いあいだ物思いに浸っていたようである。権六が呆けた声で問う。

「雨は降るかのぉ」

「なんで」

「ぶふっ」

信長は思わず笑ってしまった。天井を見たまま噴き出した主を見て、堪え切れずに馬廻りどももどっと笑った。

「えぇぇいっ！　黙らぬかっ！」

怒り絶頂に達した権六が立ち上がって下座に怒鳴った。ごわごわとした総髪をなんとか髷《まげ》の体裁に取り繕っている鬼の頭から湯気が立ち上っている。怒りに打ち震える権六の背が、殺気で倍ほどに膨《ふく》らんでいるように信長には見えた。

それでも。

恐れは微塵も感じない。平然と鬼の背に語りかける。

「そは儂に言ったのか」

「い、いやっ」

望外の言葉が上座から聞こえ、権六はとっさに振り返った。

「そっ、某は馬廻り共に申したのでござる」

重々承知している。からかっているだけだ。しかし権六は主の言葉を真正面から受け取っている。心底、小細工とは無縁の男であった。口をすぼめて戸惑う大男を見ていると、信長の悪戯心に火が灯《とも》る。

「今、御主と語り合うておったのは、儂ではないか。奴等はひと言も発しておらなんだぞ権六」

「い、いや、奴等が無礼にも笑うておった故、思わず……」

「おい」

いきり立つ権六のむこうに声をかける。にやけ面をいつの間にか引き締めて、神妙な面持ちで馬廻りどもが言葉を待っている。背筋を伸ばし、胡坐の膝のあたりに手を付けて、今までのことが無かったように振る舞ってはいるが、服部小平太《はっとりこへいた》などは厳しい顔付きをしていながら鼻の穴だけを激しく震わせていた。主である信長にしかわからない戯れである。今度は信長が笑うのを堪える番だった。腹に思いきり力を込めて、笑みを押し殺すようにしながら末座の無礼者たちに問う。

「御主たちは、権六のことを笑うたのか」

「いえっ！」

ひときわ体の大きい男が言った。毛利新助《もうりしんすけ》である。この男は、馬廻りのなかでも生真面目で通っていた。今のやり取りのなかでも、他の者たちにつられず一人だけ端然と座っていたのを信長は確認している。己は笑っていないくせに、みずからが矢面《やおもて》に立つようにして主と相対する新助を、今度はからかってやりたくなった。

「なれば先刻の笑い声はなんじゃ。御主等が笑うた所為で、権六が機嫌を損ねたではないか」

「小平太めが屁《へ》を垂れまして」

「なんじゃと」

右目だけを大きく見開いて、新助をにらむ。真面目な馬廻りは、真剣な面持ちで滑稽な言い訳を繰り返す。

「このような神妙な場にて、いきなり小平太めが屁を垂れまして、それを聞いた者たちが堪え切れずに笑うたのでござりまするる」

「そっ、そうそう。その通りにござりまするっ！　某めが屁を垂れてしまいまして、その……。皆が、いきなり笑うてしまいまして」

新助の言い訳に小平太が咄嗟《とっさ》に乗った。

「無礼者めがっ！」

まわりの家臣たちの手前もあるから、信長は真剣に怒鳴りつけた。大声に小平太がびくりと肩をすくめてみせたが、心の底ではまったく動じていない。そんなことは信長も承知の上での叱責《しっせき》である。

「御主等、腹を斬れっ！」

「どうかっ、どうかお許しをっ！」

小平太が平伏する。

「ならんっ！」

言って信長は権六に目をむけた。怒りにまかせて立ち上がってしまったが、尻を落ち着けようにもこの状況ではそれもままならず、両の拳を震わせながら、主と無礼な馬廻りたちのやり取りを眺めている。ちょうど、上座に背をむけ小平太へとなにかを言おうとした権六に声をぶつけた。

「権六っ。御主もこのままでは収まらぬであろう」

名を呼ばれ、忙しなく体を回して上座にむいた鬼瓦は、口をへの字に曲げたまま、顔を真っ赤にしている。

「小平太の腹を斬らせる故、この件についてはそれで収めてくれぬか」

「い、いや。そこまでいたしてもらわずとも……」

「もう良かろう」

滑稽なやり取りに痺《しび》れを切らしたように、秀貞が冷徹な言葉を差し込んだ。

「いつまで続けるおつもりか」

眉根に皺を寄せた老臣が見つめているのは、上座の主ただ一人。下座の無礼な若者たちも、いきり立つ愚直な猛将も、その目には入っていない。

「今は仲間割れをしておる時ではございますまい」

理を説いているが、その目はこの場の首謀者が誰であるかを冷静に見極めている。

信長が権六をからかい、馬廻りどもを焚き付け、転がし、けしかけた故に、くだらない問答が続いたことを、秀貞はわかっているのだ。そのうえで、やんわりと主を律するだけに留めて話を先に進めようとする。目端が利くということを主にひけらかし、その上で己自身もみずからの器用さを存分に自覚しているところが、秀貞という男の鼻につくところだ。このあたりは、死んだ政秀のほうが何倍も器用であった。あの老人は、うろたえてみせることで己を貶めていた。器用であることをひけらかさぬよう細心の注意を払っていた。

老人のしたり顔をいきなり蹴飛ばしてやったらどうなるだろうか……。

なかば本気で信長は思う。

そんな主の心の裡など知りもせず、器用ぶる老臣はみずからの挙措《きょそ》に酔うように続けた。

「もう敵が目前に迫っておりまする。今川は、甲斐の武田、相模の北条と手を結んでおる故、東と北から攻められる恐れはありませぬ。四万五千という数もあながち嘘とも言いきれますまい。今川が尾張侵攻に本腰になったとなれば、我等に残されし策はそう多くはござりませぬ」

鬱陶《うっとう》しい。

心の底から鬱陶しい。

この場の誰もがわかっていることを、さも今はじめて己が皆に語って聞かせてやっているというような風情《ふぜい》で語るなと、怒りのままに言ってやりたかった。

抑える。

尾張の主として。

「その多くない策と申すは如何なるものか。少し聞かせてくれぬか林」

「さすれば」

悦に入り、頭を小さく下げて、語り出す用意のために鼻から息を吸ったその刹那の虚を、信長は見逃さない。

「そうそう」

言葉を息とともに吐こうとしたのを封じるように、声で止める。目を細め、笑みの形に歪めてから、老いた臣に優しく語りかけた。

「打って出るか、城に籠るかなどということはもう誰もがわかっておる故、申すなよ。打って出るなら兵が足りぬ。城に籠るにしても後詰はない。このような御託もいらぬぞ」

老人が今から長い時をかけて語ろうとしたであろうことのすべてを簡潔に禁じてやった。

秀貞の皺にまみれた頬がひくつき、紫の唇が固まる。すべての手筋に的確な牽制を入れられた以上、老臣はなにがなんでも新たな策を絞り出さなければ対面が保てない。だが、そんなことができるほど、秀貞という男が利口ではないことを信長は知っている。この男は人を見極めきれぬ。

だから。

父に信長を任されておきながら、密かに弟と通じるなどという愚行を侵す。

小器用で老いている故に家中での顔も利く。誰でもできる面倒事を押し付けていれば、そつなくこなす男であった。

使える間は飼っておいてやるが、それもいつまで保《も》つことか。もっと便利な駒があれば、すぐにでも替えてやるつもりだ。存外、五郎左などが力を付ければ、秀貞以上の仕事をしそうである。

「どうした。少なき策とやらを聞かせてくれ」

顔を伏せ、秀貞が固まっている。

「信長様」

権六の隣で五郎左が声を吐く。その時になって、信長ははじめて権六が座っていることに気付いた。いつの間にと問いたかったが、これ以上権六をもてあそぶと、本当に怒りそうだったから止めた。

視線で五郎左に発言をうながす。すると、おもしろいほど顔に肉の無い気難しそうな男は、耳をそばだてていないと聞こえないほどに細い声を上座にむけて放った。

「この場で無益な時を過ごし、難事から目を背けておっても、なにも変わりはいたしませぬ。今川の軍勢が沓掛に入ったのは事実にござりまする。城を出るも籠るも、信長様が御決めいただかなければ我等は動けませぬ。我等は信長様の下知に従いまする。なにとぞ御下命を頂戴したく存じまする」

権六のように切迫して威《おど》しまがいの口調でもなく、秀貞のように己の器用さをひけらかすような下卑た言葉でもない。ただ端然と事実だけを述べ、その上で己がやれること、主にやってもらいたいことを明確に語っている。

好感が持てた。

権六の腰巾着のように振る舞ってはいるが、この五郎左という男もなかなかどうして、腹に一物持っている。

しかし……。

素直に認めてやるつもりはない。

「誰が難事から目を背けておるのだ」

「それは」

よもやそんなところに気を留めて突っかかられるとは思ってもみなかったのであろう。五郎左が緑の大紋の袖をはためかせ、威儀を正した。

「そのようなつもりで申したのではありませぬ」

「どのようなつもりで申したのか申してみよ」

「とにかく……」

「暑いっ！」

問答を無遠慮に断ち切るように、信長は叫んだ。これには五郎左だけではなく、権六、秀貞をはじめとした家臣一同が呆然とした。愚か者どもの動転などに構わずに、信長は襟元を大きく広げて掌で首筋に風を送る。

「こう、むしむししておると暑うてかなわんっ。御主等のようなむさくるしい面を見ておると息苦しゅうて死にそうになるわっ！」

「の、信長様……」

「陽《ひ》も暮れた。今日はこれで終わりっ！」

「お、終わりとは」

呆然と五郎左が問う。秀貞はまだ頭が付いてきていない。

傍若無人に立ち上がる。

「終わりじゃ終わりっ！」

上座から大股で降りると、居並ぶ家臣たちの前に立つ。秀貞と権六をはじめとしたむさくるしい男たちが、主の突然の暴挙に動けずにいる。

「退《ど》けっ！」

顎を突き出し権六に怒鳴った。

「ど、どうなさる御積り……」

「退かぬか権六っ！」

あまりの勢いに気圧《けお》されるようにして、権六が身をよけた。それにつられるように、家臣たちが次々と左右に分かれる。信長から馬廻りが座している下座まで一本の道ができた。

悠然と歩む。

このようなところで面を突き合わせていても、なにもはじまらない。

たしかに事態は逼迫《ひっぱく》している。

四万五千……。

正面からぶつかって敵う相手ではない。

ならばどうする。

考えているのだ。

ここに集う誰よりも。

しかし、それを口にすることも態度に顕わすこともできない。信長は尾張の主である。その地位は力で捥《も》ぎ取った。勝利に勝利を重ね、ここまで来たのだ。少しでも弱気な姿を見せれば、一気に引き摺り落とされる。

信じられる者は少ない。

不遜な男たちのにやけた面がどんどん近づいて来る。

馬廻り衆。

尾張の腫れ物だった頃から、信長とともにあった者たちだ。うつけであった己を、面白がってくれた。主として受け入れてくれた。

礼は言わぬ。

恩義も示さぬ。

ただ……。

誰よりも。

母や肉親よりも。

信じている。

「退け」

小平太たちにぞんざいに言った。

「はは」

ひれ伏し、若者たちが左右に開く。

「気を緩めるなよ」

馬廻り衆たちだけに聞こえるように、信長は言った。

「運が尽きる時は知の鏡も曇るというが、今この時のことか」

伏した家臣の群れのなかから聞こえた言葉を信長は糺《ただ》すことなく、部屋を辞した。


横になるとすぐに眠りに落ちた。

こういうことは珍しい。

戦場のど真ん中にでもいない限り、寝付きは良くないのだ。

まとまらぬ評定を切り上げた信長は、そのまま床に就いた。己の天運を試すためである。もし、己が未だ戦場の只中にいなければ、策に思い悩み、いつまで経っても眠れぬはず。すでに戦場に踏み入れているのならば、考えるよりも先に眠りが信長を襲うだろう。

悩み抜いたところで、たかが知れているのだ。

数日前から尾張中の兵を掻き集めたとしても、今川の大軍に伍せるだけの数は集まらない。大高城に付けている各砦に配している兵は、数百程度。四万もの大軍に襲われたら、いずれにせよひとたまりもないのだ。

敗けは決まっている。

そう……。

五郎左が言うように冷徹に考えれば、信長の敗北は火を見るより明らかなのだ。ならば家臣一同角突き合わせ、滅びのための堂々巡りに時を費やすのは愚の骨頂ではないか。

無駄話をする暇などない。

だからといって策もない。

そして。

寝た。

どうやら信長は戦場の只中にあるらしい。

ならば機はおのずと訪れる。

「信長様っ！」

近習の剣呑な声が己を呼ぶのを耳にして、信長は飛び起きた。目が覚めたと思った時にはすでに両足で立っている。これほど目覚めが良いのも珍しい。いつもは、眠りの最中にどこぞへと彷徨《さまよ》っていた己の魂を体に定着させるための時を要する。つまり本来の信長は、寝起きが悪いのだ。

どうやら、眠りながら覚めていたらしい。

添い寝は好まない。ただ一人の目覚めである。思わず立ち上がった体を、もう一度床の上に落ち着けた。ゆったりと胡坐をかき、鼻から深く息を吸い、障子戸のむこうの人影に声をかける。

「どうした」

戸が開き、小姓が顔を出す。長谷川橋介《はせがわきようすけ》である。若いが気の利く男であった。

「鷲津、丸根両砦よりの使いにござりまする」

床の上に座ったまま、橋介をにらむ。

「申せ」

橋介は薄明りを背にして平伏する。東の空が明るくなりはじめているようだった。

夜明けは近い。

「鷲津、丸根の両砦に、敵が攻め寄せたとのこと。丸根の佐久間《さくま》殿、鷲津の玄蕃《げんば》殿よりの使いがそう申しておりまする」

丸根砦には佐久間盛重《もりしげ》、鷲津砦には織田玄蕃を守将として置いている。二人から同時に報が来るということは、予測が付いていた。前日のうちに、敵が大高城に兵糧を入れて、丸根と鷲津を落とすつもりだということは、耳に入っていたのである。今川家の沓掛城での軍議の内容であった。

しかし信長は、あえてそれを評定の席で権六たちに報せなかった。言ったところで同じだからだ。けっきょく、砦を見捨てて籠城するか、打って出るかという話にしかならない。だから信長は、できるだけ戦のことから話を逸らそうと心を砕いたのだ。

「そうか、動いたか」

「はい」

橋介が主の動きに全身全霊で気を配っている。

「人間《じんかん》五十年……」

小姓の背に見える陽光を見据えて、腹から気を吐くようにして座したまま謳《うた》う。

胡坐の膝に指が食い込んでいる。

「下天《げてん》のうちをくらぶれば……」

己がにらまれているると思っているのか、橋介は片膝立ちのまま微動だにしない。小姓のことなど構いもせずに、薄明を見据え、抑揚をつけて謡う。

「夢幻《ゆめまぼろし》のごとくなり……」

人の世の五十年など天においては夢や幻のように儚《はかな》きもの。神仏の瞬《まばた》き程度の年月である。

そのような物にこだわってどうするというのかと信長は思う。所詮、人に生まれ人として死ぬのだ。神や仏にはなれやしない。泡沫《うたかた》の生になんの意味がある。

「ひとたび生を受け……」

膝をつかむ指が、ますます膝に喰い込む。謳う唇が異様なまでに吊り上がっていた。青白き払暁《ふつぎょう》の明かりを満面に受けた信長の顔を間近で見つめている橘介が、泣きそうな顔をして震えている。

「滅せぬ者のあるべきか……」

人は死ぬのだ。神仏が瞬きをしているうちに。

だからこそ。

今を生きる。

この時、この一瞬を、戦うのだ。

敗ければ終わり。目先の勝ちを得てこそ、次の勝負に臨むことができる。

信長は座して敗者に甘んじるつもりはない。

両膝を打つ。

朝の気が染み入ってきた寝間に乾いた音が響く。

立ち上がる。

橋介が背筋を伸ばした。

「法螺《ほら》を吹けっ」

小姓のつぶらな瞳が閃く。

法螺を吹くということは陣触れの合図である。

出陣。

主の決意に若き小姓は心を躍らせた。

「具足を持てっ」

深々と辞儀をして橋介が去ってゆく。

静寂を取り戻した寝間で、信長は床に座したまま刻一刻と明るくなってゆく障子戸を睨んでいた。

家督を継いで九年。

尾張で信長に刃向う者はいなくなった。もう信長をうつけと呼ぶ者はいない。織田家の腫れ物はもういないのだ。

尾張の主としてはじめての大戦である。しかし、やれることはそう多くはない。敵は四万を超す大軍である。前もって家臣たちに触れを出して兵を集めていないから、上手く集まって二千と少しであろう。

四万五千対二千と少し。

笑ってしまう。

勝てるわけがない。

だが、大人しく負けてやるつもりもない。

「信長様」

橋介の姿が障子に浮かぶ。

「入れ」

寝間の外に告げると、橋介を筆頭に、小姓たちがいっせいに入って来た。岩室長門《いわむろながとの》守《かみ》、佐脇良之《さわきよしゆき》、山口飛騨守《ひだのかみ》、加藤弥三郎《やさぶろう》。四人の男たちが速やかに寝床を取り払い、持って来た鎧櫃《よろいびつ》から具足を取り出して、立っている信長の支度を整えてゆく。

驚くべきは四人が鎧を着込んでいたことである。

信長の口許に自然と笑みが浮かぶ。

「御主等、いつからじゃ」

「橋介だけをそのままにして、我等は評定が終わり信長様が寝間に御入りになられるとすぐに支度をいたしました」

主に直垂《ひたたれ》を着せながら、岩室長門守が答えた。

「小癪《こしゃく》な真似を」

毒づく信長に答えずに、岩室たちは淡々と支度を進めてゆく。

袴《はかま》を着け終わるころに、鎧を着終えた橋介が現れ、椀と箸を静々と差し出した。手に取って見れば、椀のなかには昨日の飯に湯をかけた物が入っている。

腰から下の鎧を着けられている間に、立ったまま湯漬けの飯を掻き込む。

小姓たちの動きに淀《よど》みはない。

主は動く。

今川が攻めてくることを知った時から、小姓たちにはわかっていたのだ。いつ何時、主が出陣の下知をくだしても速やかに動けるように、五人で手筈を整えていたのだ。橋介に空の椀を手渡すと、あっという間に鎧を着け終えた。岩室に手渡された兜を被り、みずからで緒を結んでゆく。いつもよりきつく締め、頭を幾度か揺らしてみる。

「良し」

言うと同時に、二人が障子戸へと進み、左右に戸を開く。信長は大股で廊下に出ると、そのまま馬場まで一直線に進んでゆく。少し前から加藤弥三郎の姿が見えないと思っていたが、やはり馬場にいた。

主の馬の手綱をつかんで待っている。

駆け寄り、そのまま鐙《あぶみ》に足をかけて鞍に飛び乗った。門にむけて馬を走らせる。その背に五人の小姓の騎馬が従う。

「開けぇいっ」

馬上のまま門兵に怒号を浴びせる。その頃になって、城のなかから法螺貝の音が聞こえてきた。小姓たちは揃っている。城の者に命じたのだろう。

突然現れた主の命に肝を冷やした門兵たちが、ばたばたと閂《かんぬき》を外して門扉を開いてゆく。その間も、信長の馬は主の逸る気持ちを悟っているのか、立ち止ることなくしきりに首を振って小姓たちの馬を威嚇《いかく》している。

門が開いた。

「せやっ！」

荒ぶる白馬の尻に鞭《むち》を入れる。駿馬《しゅんめ》が駆けだす。思い切り走らせる。小姓の馬たちが離れて行く。蹄の音が城下に轟《とどろ》く。面倒な柵から解き放たれた心地がした。

ひたすらに馬を走らせる。

まずは熱田まで行くつもりだ。熱田神宮までは三里あまり。馬を走らせれば四半刻もあれば十分に辿り着く。全速力であれば、もっと速い。

城下を抜けるまでは馬を休めるつもりはなかった。

すでに明け方である。

城下に住まう家臣たちも目覚めている刻限だ。先日の評定ではなにも決まらなかった。眠れぬ夜を過ごした者も多いことだろう。そんな朝に、法螺の音が轟き、その直後に馬の蹄《ひづめ》の音が鳴り響くのだ。よほどの愚者でない限り、出陣であることを悟るだろう。

だからこそ、信長はめいっぱい馬を走らせる。従う小姓たちも、必死になって付いて来るが、差は開くばかりであった。

東の空に陽が昇っている。

今この時も、鷲津と丸根に籠る兵たちは戦っているのだ。

果たして間に合うだろうか。

いや、信長には後詰にむかうという確たる想いすらない。

いったい己はどこに向かっているのだろうか。

わからない。

それでも単身飛び出した。

冷静になって考えてみると、これほど恐ろしいことはない。

橋介から報せを受け、鎧を着込んで城を飛び出すまでは熱に浮かされたように過ぎ去ったのだが、馬を走らせ熱田にむかう道中で、ふと素の己が顔を出した。我に返る。己は誰と戦うのか。誰に勝つつもりなのか。

大凡《おおよそ》の展望はある。ある程度の目算もあった。戦場に立った時、己に従っている者たちの顔も思い浮かぶ。決戦に臨む際に、残されている手駒もだいたい予測はついている。

しかし……。

戦うべき相手がわからない。

鷲津を攻めている者なのか。丸根の敵なのか。はたまた鳴海の城を守っている岡部元信なのか。

信長の矛はいったいどこにむかうというのか。

「えぇいっ、ままよっ！」

馬の尻に鞭を入れる。

雲をつかむような茫漠《ぼうばく》とした戦ははじめてだ。四万五千という途方もない敵の数が、信長を惑わせている。ぼろぼろの筏《いかだ》で荒れ狂う大海に漕《こ》ぎだす心地であった。

それでも。

義元がいる。

それだけが標《しるべ》であった。

あわよくばという想いはある。

駿府にいるはずの義元が、兵とともに尾張にいるのだ。信長には動員できぬ大軍を集めることができる男だ。家臣を総大将に任じれば事足りるではないか。わざわざみずから戦場に出向かずとも、戦などどれだけでもできる器量が義元にはあるのだ。

なのに、義元は動いた。

敵の心中を量ることはできない。ただの気まぐれか。大望あってのことか。

とにかく義元は駿府を離れ、尾張にいる。馬を走らせれば届くところに、海道一の弓取りはいるのだ。

それでも義元を見つけるということは、荒波のなかで一本の針を見付けるに等しい。辿り着くはずがない。莫迦《ばか》げている。

そそられるが、現実としてはありえない。

いかに定まった道理が嫌いな信長であろうと、そんな都合の良い話があり得ないことくらいはわかる。義元を討つなどという策を前提にして兵を動かすなど、神か仏でない限り無理筋だ。

いっそのこと丸根か鷲津のいずれかを、義元が攻めてくれていれば良いのにと思う。そんな都合の良いことを考えてしまうくらい、この出陣は無謀極まりない。

城下を離れ、幾分馬の足を緩めた。

本当に単騎で敵陣に臨むつもりはない。後ろから付いて来る五人とともにという気も当然なかった。

待つ。

当たり前だ。

それくらいの分別は信長にもある。馬の足を緩めたことで、小姓たちが追いついてきた。

「城下で、槍を抱えて駆けておる者たちを見かけましたっ」

橋介が叫んだ。

岩室が続く。

「某が見たのは馬廻りばかりにござりました」

二人の言葉に返答せずに、前を見て馬を走らせる。

かねてから分かっていたことだ。

信長は昨日の評定では秀貞や権六たちに出陣を命じていない。主からの命がなければ、みだりに兵を動かすことはできないのが彼等である。みだりに兵を動かせば、謀反を疑われることもある。だから家臣たちは、あれほど下知を求めたのである。

なのに信長は下知をくださなかった。

そして明け方、城下に法螺貝の音だけを轟かせ、単身城を出たのである。

心置きなく従えるのは、信長だけを主に持つ者たちのみ。

馬廻りだ。

あとは家臣たちの裁量が問われることになる。

法螺貝の音を織田家中すべてへの出陣の下知だととらえれば、すぐにでも掻き集められるだけの兵を集めて信長を追うだろう。そこまでは考えずとも、単騎で追う家臣も出て来るはずだ。下知は下されなかったから、城を守るという大義名分も立つ。

そのあたりのことを、責めるつもりはない。

今度の戦は信長の戦だ。

織田家の戦ではない。

四万五千もの大軍を相手にするのだ。

思惑も志も異なる者たちを束ねて、顔色を窺いながら方々に下知をくだすような細やかなことをしている時はない。

即断即決。

己がこうと思った時に、速やかに動ける者だけが欲しかった。己の手足でない者たちはいらない。

頭はただひとつ。

この信長だけだ。

そういう点では、馬廻りどもは完全に己の手足であった。

熱田に着いた。

城を出た時にはぼんやりと東の空が明るい程度だったが、すっかり陽が昇ってしまっている。梅雨時の曇りがちな空が、めずらしいくらいに晴れ渡っていた。

馬を降り、境内に足を踏み入れる。その背後を、五人が並んで従う。

神域を貫くようにして走る石畳を踏みしめ歩む。左右に茂る木々から漏れる朝日が、兜の下の険しい顔を照らす。梅雨時の湿気が陽に照らされ、息苦しい。清々しさとは縁遠い朝である。

湿り気を帯びた木々の匂いを嗅ぎながら、眼前に見える本殿にむかって一心に進む。無言の主を前にして、小姓たちは一人として口を開かない。どれほど勇ましい出陣であったとしても、眼前に迫っている厳しい戦いを前にして心穏やかでいられるわけもない。決死の戦だ。気安く口を利ける者などいない。

「間に合ったぁぁぁっ！　げぼっごぼぼぼっ、えへっげへっ！」

突然背後から聞こえてきた大声に、主従六人がいっせいに振り返った。

世俗と神域をへだてる大鳥居の下で、見慣れた顔をした男が手にした槍を杖代わりにしながら噎《む》せている。肩で大きく息をしながら、今にも吐きそうになっている。

「一番乗りは小平太か」

にこやかに言ったのは橋介である。信長の目も、おぼつかない足取りで参道を歩む服部小平太の姿を捉えている。

昨日の評定の際、馬廻りの者には気を抜くなと言っておいた。

「我等が城を出てすぐに追いはじめたのであろう」

橋介の隣に立つ岩室が言った。信長が足を止めている。小姓たちは進むわけにはいかない。

信長が熱田について四半刻も経っていなかった。馬を走らせてきた六人とは違い、馬廻りの者たちは徒歩《かち》である。四半刻ほどの差しかないということは、岩室が言うとおり、法螺の音を聞いて支度していたのでは無理だ。昨日のうちから鎧と槍を用意して、城での動きに気を払っていなければこれほど速く合流はできない。

「おっ」

岩室長門守の隣の山口飛驒守が声を上げた。

槍で石畳を突きながら歩いてくる小平太の後ろから、大鳥居に雪崩《なだ》れ込むようにして数人の男たちが参道に入ってきた。息を切らして歩く彼等は、先を争うようなことはしない。この場で一番乗りをしたところで、武功でもなんでもないのだ。信長と合流できればそれでよい。

大体あの男どもは、一番乗りなどという些末なことで功だなんだと騒ぎ立てるような器量の小さな者たちではない。そんな些末なことを鼻にかけるような奴を傍に置くつもりは信長にはなかった。

いつの間にか先頭を歩いていた小平太に男たちが合流している。先刻までの疲れはどこへやら、談笑しながら信長へと近づいてきていた。そうしている間にも、次々と大鳥居を潜って男たちが神域へと足を踏み入れている。

「ふんっ」

吐き捨てるように笑ってから、信長は歩み寄って来る彼等に背を向け、本殿に目をやる。小姓たちに合図もせずに、歩をすすめた。主の動きを悟った五人の男たちが、すみやかに歩き出す。先頭を行く六人の後ろから大勢の男たちが汗みずくになりながら、本殿への道を行く。

本殿を仕切る鳥居を潜り、信長は手水で身を清めた。小姓たちが続く。ぞろぞろと馬廻りどもが柄杓を手にする頃には、信長と小姓たちは本殿の前に立ち、息を整えている。

信長の到来を知った神主が浄衣《じょうえ》の襟もとをただしながら現れた。立烏帽子《たてえぼし》がわずかに傾いている。襟元を整えた神主が、頭の烏帽子を戻しながら、掌中の大幣《おおぬさ》を両手に持つ。

「戦勝の祈願を」

階の前に立つ神主に告げる。

「では」

本殿のなかに誘おうとする翁《おきな》に首を振った。

「ここで良い」

信長は目を伏せながら答え、その場に留まり続ける。小姓たちも後ろに並んだまま微動だにしない。清め終えた馬廻りたちが、その後ろに並んでゆく。

神仏にすがることなど無益なことだと、信長自身は思っている。

どれだけ願おうと、父の病は癒えなかったし、弟は従わなかった。母は己を憎み、清洲の城でともに暮らし始めてからも、弟の菩提《ぼだい》を弔《とむら》う日々を過ごし、信長のことを見向きもしない。

神も仏もなにもしてくれぬ。

己が今、こうして尾張の主として立っているのは、勝ち続けてきたからである。己でつかんだ物ばかり。神から与えられた物などなにひとつない。

それでもこうして戦勝を祈るのは、己のためではない。後ろにいる家臣たちのためだ。べつに彼等の無事を祈ろうということではない。信長自身はなにひとつ祈りはしないのだ。

人は弱い。

普通ならば敵《かな》うはずのない者とこれから戦う。平静な心持ちなど望めるわけがない。神や仏に頼りたいと思う気持ちは痛いほどわかる。

熱田は戦いの神だ。神体は草薙神剣《くさなぎのみつるぎ》である。天照大神《あまてらすおおみかみ》とともに、八俣大蛇《やまたのおろち》を倒し、剣を手に入れた素戔嗚尊《すさのおのみこと》と、この剣によって東国の敵と戦った神代の武人、日本《やまと》武尊《たけるのみこと》らを祀っている。

戦の勝利を祈るにはこれ以上の社《やしろ》はない。

この地で戦の勝利を祈ることで、彼等が心置きなく戦場に赴けるようにする。それだけのために、信長は神に頭を垂れるのだ。

まだるっこしい祝詞《のりと》が終わり、信長は垂れていた頭を戻しながら目を開く。社に背をむけ、家臣たちと相対する。主を見つめる男たちの瞳は、これから死地に赴かんとする高揚と、一人でも多くの敵を屠《ほふ》ってやろうという狂おしいほどの殺気で紅く染まっていた。

「良くぞ」

別段、気を込めるでもなく、日頃と同じ口調で語りかける。味方の列が遠くまで続いていた。二百あまりはいるだろうか。無理に声を張りはしない。それでも、一番奥の者にまで届く。

「儂の命を守り、気を抜かずにおったものよ」

普段通り。昔、ともに津島の往来を歩いていた頃のまま、小平太たちに語りかける。感極まって涙を流している者もいた。

「これより中島砦にむかうっ」

ここではじめて腹から声を出した。

「おぉぉぉぉぉぉぉっ！」

男たちが一斉に吼える。

もとより死を覚悟した結集である。命を惜しむ者はこの場にはいない。誰もが戦いを望んでいる。心の底から欲している。

「我を信じよっ」

右腕を振り上げた。上げてから、柄にもない己の姿に気恥ずかしさを覚える。しかしそんな信長の心とは裏腹に、男たちは初めて見る主のあからさまな高揚に、天を突き破るほどの雄叫びで応えた。

熱田の社が荒ぶる魂に呑まれて震えている。

信じろなどと言ってはみたが、根拠などない。勝てる見込みもない。なのに、男たちは信長のこのひと言を受け、見たこともないほどの昂ぶりを露わにしていた。

高々と右の拳を突き上げたまま、信長は熱に浮かされ言葉を連ねる。

「勝つぞ」

忘我のうちに言っていた。

勝つ……。

そうだ勝つのだ。

信長は勝ち続けてここまで来た。勝つためにここにいる。

「儂は勝つぞっ！」

みずからの心を確かめるため叫んだ。

仲間たちの喊声《かんせい》が続く。

「出陣じゃっ」

家臣たちが左右に割れて大鳥居まで一本の道ができる。信長は胸を張って歩む。

熱田神宮を出て、上知我麻《かみちかま》社のあたりから東を見た。

二筋の煙が上がっている。

「落ちたか」

鷲津、丸根両砦が落ちたことを悟り、信長は中島砦への道を急いだ。

伍　松平次郎三郎元康

今川の大軍が沓掛の城に着いたのは、信長がまだ清洲の城にて重臣たちとの評定を始める前のことだった。

並み居る重臣たちに紛れ、元康はみずからの臣を連れず、単身評定に加わっている。齢十九。評定に加わる者のなかではひときわ若い。

駿府を出て五日。四万五千の大軍は、尾張と三河の国境にある沓掛まで辿り着いた。沓掛から西に兵を進めれば、信長が砦で囲む大高城は目前である。義元はこの沓掛を拠点とし、いよいよ間近に迫った戦の評定を行うことに決めたのだった。

汗ばむ頬を韘《ゆがけ》に覆われた手で拭う。梅雨晴れの蒸し暑さのなかでの連日の行軍で、いささか疲れている。しかし、年嵩の重臣たちが、元康以上に険しい顔付きでありながら、評定の場に端然と座しているのだ。年若い己が弱音を吐けるわけがない。彼等の疲れを思うと、己の疲れなど疲れとも呼べまい。これより戦が始まるのだ。行軍で疲れたなどと宣《のたも》うていては武士とは呼べぬ。黙して主を待つ家臣たちのなか、元康はひとり心のなかでそう呟き、己を律する。

それにしても。

蒸し暑い。

体中から粘り気の強い汗がにじんで、鎧の下の衣はびしょびしょである。だからと言って、思うままに水を浴びることもできない。

ひと雨くれば、少しは涼しくなるものを、と想いながら額の汗をふたたび拭う。

「御成りにござります」

上座で義元の近習が甲高《かんだか》い声を放つと、家臣たちが一斉に背筋を伸ばす。元康も雑念を振り払い、上座を注視した。

大人たちが頭を下げる。元康も続く。上座の方で気配が揺れていた。

義元の到来である。

「面《おもて》を上げよ」

聞き慣れた穏やかな声に誘われ、元康はゆるりと頭を上げた。

鎌倉の御代の源氏の武者を思わせる大鎧を着込んだ義元が、近習を左右に侍らせながら上座の床几に腰を落ち着けている。常から白い義元の顔は、曇天の行軍のなかで陽に焼かれることもなく、相変わらずの白さを保っていた。穏やかなその気性を顕わすかのように、頰にふくよかな肉を湛えている。ぽってりとした唇は、笑っているように見えた。

足利家に連なる名門の気風を総身に宿す義元を見ると、元康はいつも息を吞む。真の武士とは、義元のような者をいうのだと元康は思う。

人質として幼い頃から家臣同然に扱われ、松平家の惣領であるという誇りすら奪われていながらも、それでも元康は義元という男を前にすると、頭を垂れざるを得ない気持ちになるのだ。思ってから動くのではない。頭よりも先に体が動くのだ。だから、拒みようがない。

「当初の予定通り、速やかな行軍であった。皆の日頃の精進の成せる業《わざ》である」

義元に日頃の練兵を褒《ほ》められ、家臣たちが揃って辞儀をする。元康も倣う。皆が頭を上げるまで、義元は口を開かない。しばしの沈黙の後、男たちが主の言葉を聞く姿勢を整えたのを見計らい、義元は柔和な顔付きのまま語り始める。

「明日、戦を始める」

男たちがざわめく。

元康は頰の汗を拭いながら、目の前の白面の男の尊大さに感心する。

戦は本来、敵味方双方の思惑が絡み合って始まるものだ。いずれか一方が好き勝手に始めるものでも、終わらせるものでもない。しかし義元は、己の思うままに戦を始めると言う。そしてその自分の言葉に、なんの疑いも抱いていない。己が号令一下、戦は始まる。そう信じて疑っていないのだ。そんな主の発言を、家臣たちも疑いもせずに受け入れている。

これが王道の戦なのか。

元康にとって、義元とともに戦場に臨むのはこれが初めてのことである。故に、義元という男の戦い方を知らない。海道一の弓取りという異名を持つことは知っている。しかし、多くの戦場で実際に采配を振るっていたのは、死んだ雪斎であると三河の家臣たちは言っていた。

松平の者たちは、義元のことを良くは思っていない。当たり前だと元康も思う。義元は父が死ぬ前にその窮状に付け込んで元康を人質として求めた。そして、父が家臣に討たれた後は、松平家を盾として三河の実効支配に乗り出したのである。義元を悪しざまに言う者のなかには、父を殺したのも義元の謀略であると言う者さえいた。

松平家は義元に利用されたのだ。

三河の家臣たちは、今も松平家の復興を望んでいる。三河より今川の力を排除し、松平家によって治めることこそ、彼等の悲願なのだ。

元康こそが、松平家の臣にとって唯一仕えるべき主なのである。しかし元康は、義元の姪を娶《めと》らされ、今川家の一門に取り込まれてしまっている。抗ったところで、彼等に勝ち目はない。

元康はどうか。

家臣たちの苦悩はわかる。己に力があるのなら、松平家の独立のために戦ってもよいとも思う。

だが、実際の元康にはなんの力もない。

幼い頃より義元に養育された。人質とはいえ、なにひとつ不自由のない暮らしをさせてもらった。子の氏真なども、元康のことを弟のように思ってくれている。己が今川の一門衆であることに、なんの疑いもない。

それでも、松平元康という名がある。元康は松平家の惣領なのだ。己が三河支配のために利用されているということもわかっている。義元にとって体《てい》の良い駒であることも重々承知している。

松平家の老臣たちは、事あるごとに義元に対する悪口を耳打ちし、元康の心に松平家独立という己が夢の種を埋め込もうとする。幼い頃から幾度も幾度も。

芽は出たのか。

花はどうか。

実はみのったか……。

正直、元康にはわからない。

だが、ひとつだけわかることがある。眼前に座す、なにもかも見通しているかのごとき目をした白面の男に、己が敵うとはどうしても思えない。もし元康が、義元と同等の兵を持ち戦に臨んだとして、果たして勝てるかどうか。年が違う。経験の差もある。臣たちの信頼も段違いだ。

勝てない。

悔しいが、それが現実である。

逆立ちしても勝てない者に抗って命を縮めることはない。長い物に巻かれることも、時には必要なことだ。

長い人質生活が、元康から若さ故の愚かしさ、闊達さを奪ってしまった。人の顔色をうかがって生きることが板に付いてしまっている。横車を押すなどという発想自体がない。だからどれだけ松平家の老臣たちが、義元を悪しざまに罵ろうと、今川家を憎むような気にはなれなかった。それよりも、強大な力を持つ今川家を上手《うま》く利用して、松平家の独立を成し遂げられぬものかと思っている。

現に、義元は今回の戦に臨むに際して、元康に言った。義元が都に上った時、治まりきった三河を元康に託すと。

義元は大高城の攻防などという小さな戦を望んではいない。尾張、そして美濃。都へと続く道程を己が武によって切り開き、この乱れた世を治めるつもりなのだ。義元に従っていれば、ゆくゆく三河は己の物となる。松平家は義元に従ったまま、三河一国を得るのだ。完全な独立とは呼べぬかもしれぬが、そもそも武家の独立など夢幻ではないか。義元の手を離れて己が足で歩くといっても、将軍がいる。帝がいる。権威の前では、かならずひれ伏さなければならぬのだ。

老臣たちの望み通り、完全な独立を望むのならば、元康みずからが将軍になるしかない。逆立ちしても帝にはなれぬのだ。武家の頂点に立つ以外に、己が足のみで立つことなどできはしない。

莫迦げている。

そんな途方もない大望を抱くよりも、老臣どもが悪しざまにののしる義元に従っていたほうが、三河を手中に収めることができる公算は高い。

そのあたりのことが、老臣たちにはわかっていないのだ。

己が主を質に取って、三河を我が物顔で治めている義元を憎ましく思うことだけで完結している。それでは、本来の悲願など達成できるはずもないではないか。

元康は老臣たちのようになりたくなかった。

どんな苦渋であろうと、行く末の安寧のためならば喜んで呑むし、下げたくもない頭でも下げるつもりだ。

だから。

娶りたくない女でも娶ったのではないか。

「信長が砦に後詰を配したという報せはありませぬっ！」

朝比奈泰朝の胴間声で、元康は思惟《しい》の海から引き戻される。

信長……。

元康にとっては忘れられない名である。

今川家に人質として送られるはずだった元康は、信長の父の姦計《かんけい》により織田家に奪われ、熱田に押し込められてしまった。

六歳だった。

ちょうど物心が付くころのことだった。多くのことは覚えてもいない。だが、熱田で信長の父を見た時のことは鮮烈に脳裏に刻まれている。

「其方が松平家の御曹司《おんぞうし》かっ！」

信長の父、信秀は大声でそう言った。潮風に当てられた褐色の肌がやけにぎらぎらと光っていたのを今でも覚えている。

次に思い出されるのは、青白い顔だ。

「御主が三河の餓鬼かっ！」

父に劣らぬ大声で言った信長の顔は、白くて細長く、父よりも、か弱かった。なのに元康は、信秀よりも、この青白い信長の顔を粗野だと感じたようなのである。なぜなら、二人の顔を脳裏に蘇らせる度、より強い嫌悪を抱くのが信長のほうなのだ。

幾度も信長は元康の前に現れた。

これを喰え竹千代っ！

ついて来い竹千代っ！

まるで弟のように扱う信長に翻弄《ほんろう》されていたのを覚えている。あの頃のことを思い出す度に、体の芯に鉛のような重さを感じるのだ。あの青白い細面を思い出すと、なにもしていないのにどっと疲れる。

嫌いだったのだ。

信長という男が。

講談社文庫を
よむくま

よむーく

しみじみとそう思う。

粗野で乱暴で、そのくせふとした瞬間に、ぞっとするほど冷たい目で元康を見ている。こいつは今、なにを考えているのか。そういうことを考えながら、まわりの者を眺めているのだ。

気味が悪くて仕方なかった。

今川家に囚われていた信長の兄との交換という形で義元の元へむかうまで、あの男の気持ちは一度として測れなかった。元康自身、六つという幼さ故、仕方ないとも思うのだが、ならば何故、信長のことを思う時に恐れのなかに淡い悔しさを感じるのだろうか。

あぁ……。

己もそうなのだ。

そこまで考えて元康は悟る。

信長が心のなかを窺いながら余人を見ていたように、元康もまた他者の胸の裡を覗きたいと願っているのであろう。だから、幼いながらも、信長の心の裡が見えなかったことを不審に思い、恐れ、悔しささえ覚えたのである。

あの時のうつけが、今や尾張の主として義元と相対しているのだ。

かたや己は、十三年前と同じ境遇のまま。

年月というものは誰にでも等しく与えられるのかもしれぬが、そのなかでなにをやるのかはそれぞれだ。信長と己の十三年を思う時、元康はみずからの歩んできた道を少しだけ悔やむ。

老臣たちの悲願を叶えるための努力を、少しでもしたのか。

いや。

義元の庇護に縋《すが》り、己が手は汚すことなく三河を手に入れることを望んでいるではないか。

信長……。

元康の心を騒がせるのは、いつもあの青白い面長な尾張のうつけだ。

「明日には全軍、沓掛を出て大高城を目指す」

およそ軍議の席とは思えぬ、義元の常と変わらぬ穏やかな声が降ってくる。いつの間にか、膝の間に落としたみずからの手を眺めていた元康は、頭を上げて声のした方を見た。

義元が。

己を見て笑っていた。

視線の交錯に、元康の胸が激しく脈打つ。動揺が体に顕れていないかと思い、周囲を見たが時すでに遅く、隣の厳つい顔がこちらを見ていた。どうやら肩か頭あたりが激しく上下したようである。笑みとともに、小さな礼を男にしてから、ふたたび上座に目をむけた。

柔和な丸顔から放たれる視線からは、解放されている。義元は、頭のなかにある戦の流れを、家臣たちに披瀝《ひれき》しはじめた。

「大高城を囲む砦を落としつつ、後詰を完遂させる。そのころには信長がどのような手を打ったかも知れているであろう」

「今のところ、清洲から出陣したという報せは入ってきておりませぬ」

泰朝の声が男達を震わす。覇気に満ちた声に打たれ、居並ぶ将が背筋を伸ばした。一人、まったく動じない義元が、上座でゆるりとうなずく。

「こちらが沓掛に入ったということも、すでに知れておろう。動くならば、今宵のうちであろうな」

「物見にぬかりはありませぬ」

猛将の答えに満足そうにうなずき、義元が手にしていた檜扇を開いた。そして、緩んだ顔をいっそう緩めながら、顎先に下から風を送るように扇ぐ。

「それにしても蒸し暑いの」

答える者はいないが、笑い声が細波のように起こる。元康も同調の笑みを口許に浮かべつつ、湿った韘《ゆがけ》で烏帽子の際の額を拭った。

「ひと雨降ると、少しは涼しゅうなるのだがな」

「まったくでござりまする」

泰朝が相槌を打つと、義元は檜扇を止めた。

「この暑さじゃ。行軍だけでもひと苦労ぞ。これより先、刃を交えることもあろう。兵どもの士気には気をやらねばならん」

兵は生き物である。主の命のみに従うわけではない。疲れれば休むし、死が間近に迫れば命令などそっちのけで逃げてしまう。兵の士気に気をやるということが、元康にはまだいまいちよくわからない。三河が乱れた時に、初陣を終えてはいるが、戦に臨んだのはその一度きり。兵たちの心を推し量るには、場数が足りない。

「暑いのは仕方がない。なれど、腹を空かせぬようにすることはできる」

義元の言うとおり、疲れよりも兵たちの士気を削ぐのは空腹だという。城に籠ったことがない元康には、これもいまいちわからない。腹が減ることはもちろんわかる。だが、狂おしいほどに腹が減るような境遇に陥ったことはない。喰う物が本当に無くなった時、人は戦のことなど考えられぬようになると、老臣たちは教えてくれた。

「我等の行軍に先駆けて、大高城に兵糧《ひょうろう》を入れねばならぬ。こは、城に籠る者たちの為のみにあらず」

　ここまで義元が言った時、泰朝の隣に座っていた三浦義就が膝を打った。鋭い音に上座の義元が言葉を止める。居並ぶ家臣たちも、無言のまま義就の発言を待つ。

「大高城に拠点を移し、信長と相対するおつもりでござりまするなっ！」

　若き重臣は逸る気持ちを抑えきれぬように、意気揚々と続ける。

「信長が打って出てくれれば、砦の攻防となりましょう。我等は鳴海城の岡部殿とともに、織田勢と刃を交える。その間に殿と本隊は、大高城に入り、戦場を一気に大高、鳴海両城と信長の本拠である清洲城の間、つまりは熱田方面にまで押し込む。四万五千が大高城と鳴海城の周囲に広がれば、信長が配した砦は数日のうちに落ちましょう。この時、信長が城より打って出ていたならば、押しつぶすも良し。我等を掻い潜り清洲に籠れば、一気に熱田を越えて清洲にむかい、これを囲むっ！」

　ここで再び義就が膝を打った。

「もはや信長は討ち取ったも同然にござりまするなっ！　四万五千もの大軍を率いての進軍。織田ごときに止められる訳がありませぬ。戦場を西へと押し込む手始めの一手こそ、大高城への兵糧入れにござりまするなっ！」

胸の裡を一気に語り終えてひと息つく若き重臣を前に、義元が声をあげて笑った。柔和な笑みをたたえた目を義就にむけながら、丸みをおびた頬を揺らす。

「我が言おうと思うたことをすべて語りおって。すこしは残しておいてくれても良かろうに」

「もっ、申し訳ありませぬっ！　あまりにも血が猛り、つ、つい……」

恐縮する義就の丸まった背を見て、男たちがどっと笑う。

本当にこれが戦を議する席なのか……。

元康は言い様のない恐怖が背筋を這いあがって来るのに耐えきれず、人知れず震えた。主の朗らかさにほだされるように、男たちからも緊張が消え失せている。勝ち戦を信じて疑っていない。

元康自身、義元の勝利は決まったようなものだと思っている。これだけの大軍を擁する義元に、隙はない。鷹揚《おうよう》に笑ってはいるが、用兵は的確であると思う。出陣した将兵たちを沓掛に集めて軍議を開き、前線といえる大高城への行軍の行程を定める。義就の言葉通りならば、はじめに兵糧を入れ、その後に大軍を擁し各砦を攻め落としつつ信長を牽制するという。

その策自体には隙がないと思える。

いや、ただひとつだけ穴がある。

年若く、戦の経験も足りない元康でさえ気付く穴だ。この場に集う者たちは当然分かっているはず。

兵糧だ。

大高城に入れるはずの兵糧を奪われる。もしくは焼かれでもすれば、これだけの大軍を維持することはできなくなる。駿府に伝令をやり、新たな兵糧を運ばせるにしても十日かそこらは戦場に届かない。その間、兵たちは空腹のなかで戦うことになる。

その時、今川勢最大の利点であるはずの数が、最大の弱点となるのだ。

大高城への兵糧入れが、戦の帰趨《きすう》を決めるといっても過言ではない。なのに、誰もそのことを言い出さない。困難な役目になることは皆わかっているはずだ。

その分、果たした時の武功は計り知れない。

敵に悟られれば激しい追撃を受けるのは間違いない。多くの犠牲を払ってでも、兵糧を運び込まなければならない厳しい役目だ。功を求めるためとはいえ、買って出るにはあまりにも困難な役である。だから誰も、口には出さず、手も上げない。

やるか……。

腹中深く想う。が、手が動かない。汗に濡れた腕は、鉛のように重たかった。

並み居る家臣たちが声を発せずにいるのだ。

経験の浅い元康などが買って出られるような役目ではない。安易に買って出て失敗でもすれば、一門衆であろうとも叱責は免れない。家臣たちが元康を見る目も変わるだろう。戦場で使えぬとなれば、三河の名族の子息であろうと、義元の姪婿《めいむこ》であろうと、武士として浮かぶ目はなくなる。

「さて」

義元が檜扇を閉じた。

目はいまも笑みを湛えているのだが、瞳の奥が笑っていない。主の気配が変わったことを、家臣たちは機敏に悟った。威儀を正して、上座からの言葉を待つ。

整然と並ぶ家臣たちを右から左へと眺めてから、義元は頬を緩めたまま口を開く。

「肝心の大高城への兵糧の運び入れ。誰に命じようかの」

腹の裡が読めない。

かねてより決めているのか、それとも今ここで、心の赴くままに命じるつもりなのか。締まりのない義元の表情からは、読み取れない。

困難な役目だ。

目を伏せて、主の視線から逃れていれば、命じられることはないかもしれない。尾張一国を手中に収めんとする戦である。緒戦で厳しい役目を得ずとも、機会はいくらでも転がっているはずだ。

目を伏せろ。

元康は己に命じる。

なのに、体がいうことを聞いてくれない。

上座の義元を捉えたまま、目が動かない。頭が、首が腹が腕が足が、元康の命に逆らっている。

義元と元康の視線が。

混じり合った。

笑み。

駿河の太守の微笑みが、元康に向けられたまま動かない。主の視線を追うように、皆の目が若き三河武士を捉える。

「元康殿」

松平家の弱みに付け込み差し出させた人質である。三河を支配する大義名分としての道具。

なのに義元は、あくまで元康を臣としてではなく客分として遇する。そういう細やかな心遣いが、元康には嬉しい。

やはり、この男にこそ天下は相応しい。

素直にそう思う。

「其方に大高城への兵糧入れを頼みたいが如何かな」

あくまで依頼の体を成してはいるが、断われるものではない。それでも対面上、義元が頼む形を整えてくれているのは、元康への最大の敬意であった。

ちいさなざわめきが方々で上がっている。

無理もない。元康は齢十九の若輩である。今川家での立場も曖昧なものだ。松平家の臣たちが、元康とともに三河の独立を夢見ていることも、家中の者には周知の事実である。

大高城への兵糧入れは、この戦の帰趨を決める。今川家の趨勢を決するといっても過言ではない。そんな大事な役目を、若き三河武士などに任せてよいものかと、元康を見る無数の目がささやいている。

人の心根というものは、非常の時にこそ顕れるものだ。飾り気を取っ払った本音が、こういう時に垣間見える。

どれだけ長く仕えていても、しょせん元康は今川家の客分でしかないのだ。心底のところでは常に疑われている。義元の姪婿であったとしても、松平である限り、元康は泰朝や義就と肩を並べることはできないのだ。

ならば……。

萎《な》えそうになる腰にぐっと気を込め、みずからを奮い立たせる。

「しゃっ！」

丹田から気を吐きながら立ち上がった。そしてそのまま、上座の微笑を、熱き視線で射抜く。

「大高城への兵糧入れ。この松平次郎三郎元康っ。身命を賭し、かならずや果たしてみせまするっ！」

「よくぞ申してくれた」

「それだけではござりませぬっ」

話を切り替えようと元康から目を逸らそうとした義元を、言葉で繋《つな》ぎ止める。その声に、家臣たちが目を剝《む》く。

構わず元康は吼える。

「大高城に兵糧を運び入れた後、丸根砦を攻めることを御許しいただきたいっ！」

「なんとっ」

最前列の泰朝が腰を浮かせた。荒ぶる猛将を視界の端に捉えながら、元康は一心に義元にむかって語る。

「大高城まで兵を進めるのでござりまする。丸根は目と鼻の先。時を無駄にいたしとうはござりませぬ。我等がそのまま丸根を攻め落とせば、清洲から信長が出て来たとしても、大高城を奪い返すことはできますまい」

「なればっ某が鷲津を攻めまするっ！」

焦りを声に滲ませながら泰朝が立ち上がった。

「ふむ」

義元が満足そうにうなずき、猛将と若き三河武士に語る。

「丸根、鷲津は大高城の北方にある故、信長が我等に先手を取るつもりならば、いずれかの砦に入るであろう。その機先を制するということであるか」

「左様」

答えてうなずいた元康に負けじと、泰朝も武骨な頭を激しく上下させた。

「なんとも勇ましき策かな」

上座のふくよかな顔が何度も上下する。

「我は良き臣を持ったものよ。元康殿、そして泰朝。其方等の献策を要れようではないか」

良き臣……。

引っ掛かったが、そんな些細な言葉に気を留めている場合ではない。

「有難き幸せにござりまするっ」

元康の声に泰朝も競うようにうなずいた。

「今度の戦の吉凶は其方等の武運にある。励めよ」

「ははっ」

その後も軍議は続いたが、逸る元康の耳には一切入ってこなかった。

大高城を目指す。兵糧を入れたら丸根の砦攻め。

それだけしか頭になかった。


「荷車を囲むようにして並べっ！」

馬上で命じる元康に、三河の臣たちがいっせいにうなずき、速やかに散じてゆく。すでに陽は西に傾いている。陽が落ちる前に出陣するつもりだ。

千あまりの兵とともに、荷車に山盛りになった米俵の群れを運ぶ。荷車を曳《ひ》く者たちは、雑務のために領国内から集められた百姓たちである。とうぜん、戦の頭数には入れない。それどころか、戦わぬ彼等を守りながら戦わなければならないのだから、足手まとい以外の何物でもない。

逸る。

一刻も早く、沓掛の城を出たかった。

「大高道を行くぞ」

誰にともなくつぶやいた。

「はいっ！」

主だった家臣たちは隊列を整えるために散っている。答えが返って来るはずもないと思っていたのだが、馬の下から声が聞こえた。不審に思って馬上から声がした方を見ると、己と大して年の変わらぬ面立ちの大男が、槍を片手に立っていた。

「御主か」

「はいっ！」

腹に響く声である。

「名は」

「本多《ほんだ》平八郎忠勝《へいはちろうただかつ》にござりますっ！」

三河の臣に本多という名の者は多い。たいして気にも留めずにうなずいて、新たな問いを口にする。

「年は」

「十三にござりまする」

正直、見えなかった。

背丈と頑強な体付き、落ち着いた面差しのすべてが平八郎を年嵩に見せている。元康は己よりもひとつふたつ年上だと思っていた。

「初陣にござりますっ！」

問われてもないのに平八郎が答えた。

「そうか」

「はいっ！」

戦端を開く重要な役目を任され、緊張と焦りで浮付いているとみずから思っている元康である。眼下の青年の落ち着き払った姿がなんとも羨ましい。

「怖いか」

「いえっ！」

「初めてなのであろう」

「はいっ！」

淡々とした口調で問う元康に、平八郎は闊達で明確な答えを返して来る。

「なにをしておる」

「殿を御守りいたせと命じられました。はいっ！」

最後の「はいっ！」は余計だと思いながらも、口にしない。

「そうか」

「はいっ！」

なんとなく憎めない青年である。

「精々励めよ」

「はいっ！」

「ぶふっ」

あまりにも愚直な平八郎の物言いに、思わず笑ってしまった。

「すまぬ」

「いえっ！」

「ぶふっ」

また笑う。平八郎は気にせず、ぎょろりとした眼で主を見上げている。

「うむ」

妙な相槌をひとつ吐いた元康は、前をむいて口を閉ざした。平八郎と話したことで、妙に心が落ち着いた。滑稽なまでに恐れ知らずな初陣の青年を死なすわけにはいかぬと思うと、何故だか腹が定まったような気がする。

そうこうしているうちに支度が整い、騎乗の臣たちも戻って来た。元康は隊列を組み終えた兵たちのほうへと馬ごと振り返り、腹から声を吐く。

「これよりっ！」

己でも不思議なくらいに気の籠った声が出ている。

「敵の砦に囲まれておる大高城に兵糧を運び入れるっ！　大高道の先には丸根の砦がある っ！　我等は砦の下を抜けて城に入らねばならぬっ！　矢玉に晒《さら》されようと必ず城に兵糧を運び入れるのじゃっ！　良いな皆の者っ！　三河武士の意地を見せるは今この時ぞっ！」

最後のひと言を聞いた千を超す男たちがいっせいに雄叫びを上げた。槍を振り上げる三河武士に囲まれて、荷車を曳く者たちが怯《おび》えと恐れを満面に滲ませながら両肩の間に頭を潜らせている。

「荷車を曳く者たちよっ！」

いきなり呼ばれて、荷車のまわりの男たちが驚く。元康のような者から声をかけられることなどないのだ。雑務のために戦場には多くの民が動員されているのだが、彼等は将兵たちに一顧だにされない。戦に巻き込まれれば死ぬこともあるというのに、彼等の死を惜しむ者は一人もいない。

「安心いたせっ！　御主たちは絶対に我等が守るっ！　一人たりとも死なせはせぬっ！　必ず、大高城に入れてやる故、なにも心配せず、一心不乱に我等に付いてきてくれっ！　頼むぞっ！」

陣笠を震わせ男たちが頭を下げた。彼等が頭を上げて荷車をつかむ手に力が籠るのを認めてから、元康は馬首を返し、右腕を振り上げる。

「出陣じゃっ！」

大門が左右に開き、三河武士は元康を先頭に大高城を目指し沓掛城を後にした。

「今宵、兵糧を入れるのは如何かのぉ」

三河の老臣、石川十郎左衛門尉《いしかわじゅうろうざえもんのじょう》が渋面《じゅうめん》を作り首を傾げた。

大高道が大高川に突き当たる辺りで、元康は隊を止め、斥候《せっこう》を放った。ここから道沿いに北上し、西に進路を変えて川を渡れば、丸根砦の目と鼻の先に出る。砦の下を西に進めば大高城であった。

斥候から戻ってきた十郎左衛門尉は、他の斥候たちとともに輪を作り、主である元康にむかって言葉を連ねる。

「丸根砦の方々に篝火《かがりび》が焚かれており、敵の士気は高いものと思われまする」

元康は腕を組んだまま、口を閉ざしている。まだ他の斥候たちの話を聞いていない。陣を張って改まって軍議を行うような暇はない。斥候たちと元康、そしてわずかな重臣のみが立ったまま車座になっての俄《にわ》か軍議である。

「いやいや、早う城に運び入れたほうが良い」

言ったのは杉浦八郎五郎《すぎうらはちろうごろう》であった。

「なにを申しておる。敵は油断しておらぬ。我等が砦の下を通れば、矢の雨が降ってくるは必定なり」

十郎左衛門尉が言い募ると、斥候から戻ってきた者たちが彼の肩を持つように同意の言を述べる。彼等が話し終えるのを薄ら笑いを浮かべながら待っていた八郎五郎が、行軍中止の急先鋒である十郎左衛門尉を見ながら笑った。

「御主たちは本当に敵を見ておったのか」

「なんじゃと」

十郎左衛門尉が細い眉を吊り上げる。しかし八郎五郎はまったく動じず、薄ら笑いのまま続けた。

「奴等、儂等に気付いておったぞ」

「なんとっ」

「やっぱり御主たちは知らなんだか」

「いや、それは」

輪になった男たちを半笑いで見遣る八郎五郎に、斥候たちは反論できずにいる。

「奴等、儂等を見てどうしたと思う」

答える者はいない。

「どうしたのだ」

仕方無いから元康が相槌を打つ。主の求めである。八郎五郎はそれまでの笑みを止め、頬を引き締め答えた。

「砦の外に出ておる者たちは、我等に気付かれまいと息を潜めて坂を登り、砦のなかに帰ってゆきました。我等を見て、襲い掛かって来るならばいざ知らず、小勢を前にしてなお砦に退くのは、如何なものか」

「敵は我等を恐れておると」

主の言葉に八郎五郎は黙してうなずく。

理に適っていると思う。

すでに砦内にも今川勢の数が伝わっているはずだ。信長から後詰が差し向けられたということもない。砦に籠っている敵は数百あまりという。信長から砦を死守せよと命じられているとすれば、迂闊《うかつ》に攻め寄せて来るはずはないだろう。

「如何なさりまするか」

かたわらの鳥居元忠が問うてくる。元康はそちらに目をむけず、車座の中央あたりの虚空を見つめたまま、しばし口をつぐむ。

時は無い。

焦りが男たちの目をぎらつかせている。行くにしても戻るにしても、早急に決めなければならない。

「我等が兵糧を入れねば、これより先の今川勢の戦い自体に大きな影響が出る。三河守殿は大高城を尾張侵攻の最初の要《かなめ》と捉えられておられる。やらねばなるまい」

最初から決まっていたのだ。斥候など出すことなどなかったのかもしれない。

いや。

万全を期すためには、悠長であったとしてもやはり斥候は出すべきであったのだ。

後詰が密かに配されているという危険もある。伏兵が配されていることもある。

間違っていなかったのだ。

そう己に言い聞かせる。

「行くと決まったら、どれだけ砦から矢を降らされようと、大高城までひた走るぞ。わかったな」

家臣たちが首を横に振ることはない。皆が若き松平の当主を信じている。いや、元康を皆で守り立てるのだという決意が、譜代の家臣たちの爛々と輝く瞳に満ち満ちていた。

「頼む」

「応っ！」

気合とともに男たちは、それぞれの持ち場に散った。


「叫べっ！　吠えろっ！　唸《うな》れっ！」

元康の号令一下、三河の荒武者たちが思い思いの声で喚きながら駆けている。

「ひゃはははは……っ！」

元康の馬の隣で、平八郎も楽しそうに大声で叫びながら駆けている。

闇夜を荷車の群れを連れた軍勢が松明《たいまつ》も点《つ》けずに走ってゆく。その頭上には、火の明かりに照らされた丸根砦がある。

川を渡る頃にはすっかり夜も更けていた。元康は松明を灯すことを禁じた。闇夜とはいえ、星々に照らされた大高城の影が行く手にははっきりと見えている。目指すべき標が定まっているのだから、火の明かりなどなくとも駆けることはできる。

松明に照らされた砦に籠る敵から見れば、眼下を駆けてゆく隊列は見えにくい。灯された明かりの数や長さで大まかな陣容を把握することで、対処の方法を考える。

だから松明を禁じた。

その上で。

全軍に思い切り叫ばせた。

声というのは広がれば広がるほど、大きくなればなるほど、実情をつかみにくくするものだ。闇のなかをおびただしい数の雄叫びが行き過ぎるのである。実際の数よりも何倍も多く感じるはずだ。

「叫べっ！　声が嗄《か》れるまで叫ぶのじゃっ！」

月明かりに浮かぶ城の影を目指し、家臣とともに駆けながら、元康自身も叫ぶ。

「楽しいか平八郎」

「はいっ！　うひゃひゃひゃ」

「とんだ初陣であるな」

「明日が楽しみにございますっ！」

そうだ。

明日だ。

元康は頭上の砦をにらむ。

申し訳程度に矢の雨を降らして来るこの砦を、明日の朝には攻めることになる。大高城への兵糧の運び入れが終わったという報せを受けた朝比奈泰朝が軍勢とともに鷲津を攻めることになっている。これと呼応して、元康は城を出て戦うのだ。

たしかに平八郎の言う通り、明日こそが正念場である。

が……。

油断は禁物。

元康の心根には、当面の目的が無事に果たせそうであることを安堵して笑えるような若さゆえの愚かさなどない。

「今この時を精一杯戦え平八郎。でなければ、射殺《いころ》されるぞ」

「はいっ！」

屈託ない答えを耳にしながら、元康は駆ける。

大高城の城門が開く音が聞こえた。


一睡もできなかった。

いや。

眠らなかった。

城の守将、鵜殿長照《うどのながてる》の歓待を受けた元康は、休息を勧められたが、丁重にそれを断わると、敷地内に屯《たむろ》する家臣たちの元に戻った。城に入った時点で、沓掛への使者を走らせている。報せを受けた義元は、すぐに泰朝を鷲津に向かわせるだろう。武張った泰朝のことである。一睡もせずに大高からの報せを待っているに違いない。喜び勇んで鷲津に襲い掛かるはずだ。

元康の家臣たちも、足軽にいたるまで、これで終わったとは思っていない。声を張り上げながら全速力で城まで駆け抜けた疲れにへこたれる者など一人もいなかった。鵜殿長照との面会を終えた元康を迎える家臣たちの目はどれも血走っている。

その中に、あの青年を見付けた。

出迎える老臣たちの問いかけに気もそぞろに答えながら、元康は元忠を従え、一心に槍を振るう青年の元へと寄って行く。

「平八郎」

虚空を斬っていた刃が止まり、名を呼ばれた青年が背筋を伸ばした。

「休まぬのか」

「はいっ！」

腹の底から答える平八郎の声を聞いた元忠が、五月蝿そうに顔をしかめる。

「すぐに出ることになろう」

「はいっ！」

「初陣で死ぬなよ」

「攻めるのは今宵《こよい》の砦でござりまするか」

「そうだ」

元康の言葉を聞いた平八郎の顔がぱっと明るくなった。そして、ふたたび槍を構えて、気合一閃《いっせん》、元康の面前に刃を振るう。

「ぶっ、無礼者っ」

驚いた元忠が平八郎に怒鳴るのを、元康は掌を掲げて制した。

「この本多平八郎っ、あのような腰抜けどもに傷を負わされはいたしませぬっ！」

威勢の良い言葉に、元康の口許が思わず緩む。周囲で聞いている老臣たちは、無礼な若者を苦々しく思いながら嫌悪の視線を投げかけている。しかし、平八郎の周囲で聞いている軽輩たちは、彼の活力に満ちた言葉をにこやかに聞き、心を躍らせていた。その気持ちは元康にもわかる。これから戦が始まるという張り詰めた時に、この男の威勢の良い言葉を聞いていると自然と心が和らぐのだ。何故かはわからぬが、平八郎にはそういう不可思議な力があるように元康には思えた。

「死なぬのではなく、傷ひとつ負わぬと申すか」

「はいっ！」

槍を構えたまま平八郎は不敵な笑みを浮かべる。

「言うたな」

悪戯な目で若き三河武士を見据える。平八郎はいっこうに動じない。己は傷を負わぬと、心底から信じているようだった。

「もし傷を負うたらどうする」

「負いませぬっ！」

「答えになっておらぬではないか」

元忠が茶々を入れる。元康はそれを無視して、虚空で止まったままの平八郎の槍へと手を伸ばす。

槍が消えた。

気付いた時には平八郎の手許に槍が収まっている。石突《いしづき》で地を突き、刃は闇夜にむかって伸びていた。なかなかの素早さである。元康は目を見開き、平八郎に問いを重ねた。

「御主、真に初陣か」

「はいっ！」

青年の声にはまったく淀みがない。

「良いか平八郎」

若者に問いかけながらも、目は周囲の軽輩たちを眺める。

「早暁《そうぎょう》には城を出ることになろう。御主も見たであろう。今度の戦は砦攻めじゃ。一気に駈け登って早々に勝負を決めねばならぬ。丸根、鷲津が落ちれば、義元殿はこの城に入ることになろう。我等が動く頃には三河守殿も沓掛を出られるはずじゃ。本隊がこの城に着く前には、砦を落とさねばならぬ」

「はいっ！」

平八郎の景気の良い返事を聞いた軽輩たちも、元康に力強くうなずいた。

彼等とならばやれる。

確証のない自信に支えられ、元康は戦場のど真ん中に立っていた。

そろそろ夜も明けようかという頃、泰朝が城を出たという報せが大高城に入った。

「出陣じゃっ！」

元康の号令一下、すでに支度万端整えていた松平勢は大高城を出て丸根の砦に襲い掛かった。

砦を守っているのは佐久間盛重である。信秀の頃より織田家に仕え、元は信行の家老であった。

「良いかっ、佐久間の首はなんとしても取るのじゃっ！」

土の斜面に取りつく兵たちの背に、元康は叫ぶ。織田家の将である盛重の首を取れば、これより先の戦にとって幸先の良い出だしとなる。

なんとしても取りたかった。

手綱《たづな》を握る手に力が籠る。

「やれっ！　囲むのじゃっ！　押せっ！　押せっ！」

叫びながら己も門へと通じる坂道を登ってゆく。

「大将みずから先陣を争うように駆けてはなりませぬっ！」

老臣たちの律する声が背中に聞こえる。

なにを言うかっ！

後ろをむいて怒鳴ってやりたかった。

松平家の独立を夢見ているのは誰だ。背後で元康を律する老臣たちではないか。今川の質として、義元に姪をあてがわれている元康が、今川家から離れ独立するなどという途方もないことを成し遂げるためには、このような小さな戦で兵たちの後ろに隠れているわけにはいかぬ。こんな所で矢玉に当たって死ぬくらいの天運しかない者に、松平家の独立など果たせるはずもないではないか。

老臣たちは類稀《たぐいまれ》なる道を行けと元康に言う。そのくせ、凡百《ぼんびやく》の将のごとく兵の背後で死を恐れよとたしなめる。

理に合わぬ。

が……。

そんな気忙《きぜわ》しい老人たちが元康を支えてくれているのだ。三河に戻れぬ元康に代わり、彼等が松平家に与する国衆たちをまとめ上げてくれているおかげで、こうして千を超す兵とともに満足な戦ができているのだ。そのあたりの温情をわからぬ元康ではない。

忌々《いまいま》しさと感謝という裏腹な気持ちを己が心中でぶつかり合わせた結果、元康は苦言を呈する老臣たちを無視することに決めた。聞こえなかったのだから仕方ない。聞こえていたら止まったのだ。だが、兵たちの喊声に紛れて彼等の声は元康の耳に届かなかったのである。そんな繰り言を脳裏で繰り返しながら、元康は崖を駈け登る兵たちの背を追った。

斜面には逆茂木《さかもぎ》がいくつも立てられ、砦をぐるりと乱杭《らんぐい》の柵が取り囲んでいる。その背後に隠れるように数百の敵が、迫りくる松平勢にむかって矢を射かけていた。

強烈なのは鏃《やじり》よりも石の飛礫《つぶて》である。狙いすましたように真っ直ぐに飛ぶ飛礫を顔に受けた者は、鼻を潰され土の斜面を転がり落ちてゆく。飛礫の傷は鏃の刺し傷よりも始末に負えない。そのうえ石は、そこらじゅうに落ちているから無くなることはない。乱杭の間から飛んでくる飛礫に、味方は悩まされているようだった。

「ぬおぉぉぉぉぉっ！」

ひときわ大きな雄叫びが、元康の耳に届いた。坂道を駆ける元康の目が、斜面へと注がれる。

平八郎だ。

槍を手にしたまま、土の斜面を凄まじい勢いで登ってゆく。周囲で悪戦苦闘している仲間の頭や肩をためらいもせずに足場にしながら、上だけを見ながら這い上がる。

目立つ。

故に多くの矢や飛礫が彼を狙う。

当たらない。真っ直ぐに上を見ながら這い上がって行く平八郎の見開かれた瞳が、襲い来る矢や石を的確に捉え、器用に体を左右に動かして避けて行く。まるで童が遊びに夢中になるように、嬉々として坂を登って行くのだ。

彼の周囲の一団だけが、突出して坂を登ってゆく。平八郎の勢いに乗せられ、皆が一丸となって進んでいる。

「行けっ！　平八郎っ！」

門の間近まで迫っていた元康は、思わず馬を止めて叫んでいた。

と……。

平八郎が声を聞いて止まった。

「ばっ！」

莫迦者と叫ぼうとして口を噤《つぐ》んだ。平八郎は止まったまま元康を見て笑っている。

なんと、そのままの体勢で首を傾げて矢を避けた。

「はいっ！」

もはや轟音と化した返事をひとつ放ち、ふたたび平八郎は坂を登り始める。

彼の周囲の一団が真っ先に砦に辿り着いたのは当然のことであった。他の兵たちも乱杭を越えて砦へと殺到してゆく。兵糧入れの時から、戦うことをためらっている様子であった敵は、一度崩れ始めると面白いほど脆《もろ》かった。押し寄せる兵たちの隙を掻い潜り、多くの敵が砦を捨てて逃げて行く。

「佐久間じゃっ！　佐久間だけはなんとしても仕留めるのじゃっ！」

開かれた門から砦に入った元康は、黒煙のなかで味方に命じる。

すでに陽は、東の空に昇りきっていた。

門が開いてから四半刻もせぬうちに、丸根砦から敵は一掃された。

「佐久間はいかがした」

眼前に揃った重臣たちに問うたが、男たちは顔を曇らせ首を横に振るばかり。

「逃がしたか」

居ぬ者を追っても仕方がない。

元康は天を仰いで鼻から息を吸うと、短い呼気を尖らせた口からひとつ吐いて、渋面の忠臣たちに笑みを見せる。

「砦を破却し、大高城に戻るぞ」

戦はまだ始まったばかり。

兵糧入れに続き砦も落とした。いまだ敵と刃を交えていない将が多い中、緒戦においては、まずまずの武功である。

そう己を納得させ、元康は兵を退いた。

遠くに見える丸根の砦から、味方の上げる鬨《とき》の声が聞こえていた。

陸　服部小平太春安

服部小平太春安《はるやす》は知っている。

うちの御大将がなにも考えていないということを。

駆けている。

先を走る主の馬の尻を追うようにして、小平太はとにかく必死に駆けている。

熱田に集った馬廻りと合流した主、信長は、大高城を包囲する砦群の最北に位置する丹下砦に入った。その頃には主の出陣を知って急ぎ兵を集めた重臣たちも集い始め、千に届かんとする数になろうとしていた。

それでもたかだか千である。

敵は四万を超す大軍だ。

敵う相手ではない。

「ふへへ」

駆けながら小平太は笑う。

「出た。兄者の含み笑いじゃ」

隣を駆ける弟の小藤太《ことうた》が息を乱しながら呆れた目をむけてくる。幼い頃からの癖であるらしいのだが、小平太自身は気付いていない。弟に言わせると、小平太は窮地に陥ると決まって笑うらしいのだ。子供の頃から喧嘩っ早かったから、良く大人数に囲まれた。そういう時、決まって小平太は悪餓鬼たちのど真ん中で不敵に笑っていたのだという。

などと言うくらいだから、この弟も兄に負けず劣らずの喧嘩好きである。

「こりゃ、兄者は笑うわな。というか、ここ数日ずっと笑いっぱなしじゃ」

「そうか」

「そうそう。評定ん時も笑っておったやろうが。その所為で、権六の親父に怒鳴られたやろが」

「あぁ、そうやったな」

今川勢が四万を超す大軍で大高城にむけて進軍しているという報せを聞いてからというもの、小平太はずっと笑っている。

らしい……。

「ふへへ」

「ほらまた。気持ち悪ぃ」

「五月蝿《うるせ》ぇ、笑うくれぇ勝手だろ」

気軽に言葉を交わしているが、首から下は忙しなく動き続けている。評定の席を退席する信長が気を緩めるなと言ってから、小平太と小藤太は一睡もせず、鎧に身を包んだまま城の気配を窺っていた。白々と夜が明けてきたと思った時、法螺貝の音が聞こえたのと同時に往来に飛び出した。

主と近習たちの馬が駆けている。

思った時には槍を持って駆けだしていた。

それからずっと駆け通しである。熱田、丹下としばしの休息はあったが、それでもいつ信長が駆けだすかわからないから気が気でない。水を呑んで息を整える程度のことしかできず、気はずっと張りっぱなしである。

そうして今は、丹下砦を後にして佐久間信盛《のぶもり》が守る善照寺砦へとむかっていた。丹下砦から善照寺砦までは、敵の手にある鳴海城を右手に見ながら東方にむかって駆けることになる。鳴海城の守将である岡部元信に腹背を襲われようものなら、ひとたまりもない。

「ふへへ」

「また笑う」

「うるせぇ」

弟に毒づきながら、小平太は遥か先にうっすらと見える主の背中を見据えて走る。

熱田から丹下砦、そして善照寺。信長は家臣たちに策を披歴することなく、ただ行く先だけを告げて走り出す。従う家臣たちは、きっと主にはこの逆境をくつがえす策があるのだと信じて従っている。

だが。

無い。

小平太は断言できる。

信長という男は、この期に及んでもなお、恐らく頭のなかはすっからかんの伽藍堂《がらんどう》なのである。丸根と鷲津の砦が攻められたと聞いて、とにかく飛び出しただけだ。

「うへへ」

楽しくなってくる。

小平太は昂《たか》ぶる気持ちを抑えられない。こんな気持ちにさせてくれるのは、信長をおいて他にはいない。だから小平太は、あの男と一緒にいる。

付き合いは長い。知り合った頃の信長は、那古野城の主であった。父の家臣たちとの折り合いが悪く、織田家の腫れ物であった頃、小平太は津島の街で彼と出会った。津島生まれの小平太にとって信長は、その祖父の代から町を支配する織田家の嫡男という、決して対等に語れる相手ではなかった。なのにこの男は、父から与えられた家臣たちの諫言《かんげん》もなんのその、単身街に現れては気儘に民と言葉を交わす。いつしか街の悪童どもとも気安い仲になり、若様若様とおだてられていた。

生意気な奴。

はじめて信長と相対した時、小平太は彼の敵だった。敵といっても侍のような物騒なものではない。悪童の他愛もない縄張り争いである。一方の大将だった小平太の前に立ったのが、敵の大将の信長だった。ただそれだけのことである。

相撲《すもう》で勝負を付ける。

得意げに言った織田家の若殿のにやけ面が、やけにむかついた。体付きは何倍も小平太のほうが大きい。敗けるはずがないと思った。織田家の嫡男など関係ない。

小平太は受けた。

そして華麗に投げ飛ばされた。何度やっても同じ。十数度は投げられた。後から聞いたのだが、相撲だけは大の得意だったそうである。

それからなぜか、ともに街をぶらつくようになった。

幾度も戦場を共にした。

信長が織田家の惣領となってからの一族との争いだけではない。那古野城にいた頃だって、月に二、三度は津島近隣の悪童たちとの喧嘩に明け暮れていた。あれも立派な戦であった。

信長は速い。

みずからの動きではない。戦場での決断がである。そして、やるとなったら容赦ない。周りの者の話を聞かない。そして、己の頭のなかにある策をみだりに漏らさない。

動く時は迅速に。

先頭きって悪童の群れに駆けてゆく背中を、小平太は何度も見てきた。華奢《きゃしゃ》ななりをしているくせに、真っ先に敵を殴りつける信長を必死に追って戦っているうちに、何故か知らないが勝っている。そういう経験を幾度もした。悪餓鬼だった頃だけではない。弾正忠家を継いだ直後の鳴海城主、山口教継との戦の時だって、倍ほども差がある敵勢を退けてみせた。その時も小平太は、胴丸に槍一本のみで従い、遮二無二戦ってなにがなんだかわからぬうちに、敵を退け戦は終わっていた。

長い付き合いである。

あの男は考えていない。明確な策があるならば、もっと的確に兵たちに命を下す。信長は命を下すのではなく、己がやりたいことを告げるだけ。否応は無い。誰かが嫌だと言ったら、そいつが放っていかれるだけ。信長は宣言通りに動き、戦が始まる。

楽しくて震えが止まらない。

今度の敵はこれまでとは違う。考えもなくぶつかれば、間違いなく潰されて終わりだ。それなのに信長は、思うまま、なにかに導かれるままに馬を走らせている。

また勝つのか。

いや。

そんなことは十中八九ありえない。

「へへ」

「うるせぇって言ってんだろ」

弟が眉を吊り上げ怒鳴る声が、疲れで乱れている。

「息上がってんぞ」

強がりを言って、小平太はみずからを奮い立たせ、弟を振り切るように熱のこもる太腿を激しく振り上げた。

「兄貴。こ、こいつぁ……」

砦の柵に取りつく小藤太が言葉を失って固まった。

見渡す限り敵の旗である。

すでに落ちた丸根鷲津の両砦からは黒煙が上がり、そのむこうに見える大高城には、威勢を誇るようにおびただしい数の敵の旗がひるがえっていた。西方、伊勢湾を背にする鳴海城には守将、岡部元信の軍勢の気配が漂っている。

そして南方。

大高城へと続く大高道は、前方にそびえる漆山《うるしやま》によってさえぎられている。しかし、敵が大高城を目指すとすれば、あの山のむこうには、四万ともいわれる大軍が列を成しているはずだ。

清洲から続々と駆け付けてきた重臣たちとその兵によって、善照寺砦には二千あまりの兵が集っている。熱田を出た時は二百あまりだったのだ。十倍に膨れ上がった。

しかしそれが、なんの足しになるというのか。

敵は四万を超しているのだ。

眼下に見える軍勢でいえば、鷲津辺《あた》りに布陣している敵勢が、ちょうど善照寺にいる味方と互角程度の数である。恐らく彼等は鷲津を落とした軍勢であろう。

「あいつ等が敵のすべてだってんなら、まだやりようがあるんだけどよ」

兄の皮肉に、右どなりに立つ弟は答えることが出来ない。乱杭に立てられた丸太を両手でつかんで、柵の間から頭を出したまま固まっている。

「そうじゃなぁ……。あれが敵やったら、どんだけ楽かのぉ」

左方から聞き慣れた声が聞こえた。目を声のほうにむけると、太い二の腕が視界に飛び込んでくる。頭を上げて、盛り上がった肩のむこうに見える仏頂面《ぶっちょうづら》を睨んだ。

「んだよ新助。なんか文句あんのかよ」

仏頂面の大男に、口をへの字に曲げて毒づく。この男も悪童仲間である。

「旗をしとる者どもばかりじゃないぞ。そこらじゅう敵だらけやぞ」

柵のむこうを細い目で見つめながら新助が言う。獣じみた勘働きは昔から人一倍鋭い男である。新助に誘われるように、小平太も柵のむこうに目をやった。

善照寺砦は近隣でもひときわ高い丘の上に建てられているため、遠くまで見渡すことができる。眼下に茂る木々の奥。扇川のむこう、なだらかな稜線の先を走る東海道。鳴海城の周囲の街並みの陰。新助に言われると、いたるところに敵の気配が蠢《うごめ》いているように思われる。四万を超す軍勢だ。いくら兵を潜ませようと、本陣が脆くなることはない。

「どうするつもりなんだろな信長様は」

「たっ、大変じゃっ」

とつぜんの悲鳴じみた声に、小平太も新助も振り返った。

「千秋季忠《せんしゅうすえただ》殿と佐々《さっさ》政次《まさつぐ》殿が出られたぞっ」

砦じゅうが騒がしくなった。千秋季忠は熱田神宮の神官で、家臣としても信長に仕えている。佐々政次の方は、信長の父の頃より織田家に仕える武士だ。

「三百じゃ。各々の手勢と陣借りの者らとともに出たようじゃ」

陣借りとは、織田家に禄を食《は》む侍でも、動員された兵でもなく、功を求めて戦に参加している者たちである。

「功を焦られたのか」

ざわめきの最中、新助がつぶやく。

「千秋殿がおられるのだ。そのようなことはなかろう」

熱田の神官である季忠が武功を焦る必要などないと小平太は思う。

「たわけどもがっ！」

屯する馬廻りを左右に割りながら、信長が現れた。小平太と新助も体をさばいて、主の行く手に道を作る。砦の端まで一気に駆け抜けた信長は、柵に飛びついて先刻の小藤太同様、首を丸太の間から突き出した。

小平太と新助は互いに視線を交わし、一度うなずいてから主の左右に駆け寄り、柵にしがみつく。他の馬廻りたちも続いた。

足下の森から季忠たちの雄叫びが聞こえて来る。

「抜け駆けじゃぞ千秋」

丸太に爪を立てながら、信長がうなる。

中島砦へとむかう川筋のほうへと、雄叫びの群れが下ってゆく。

森のなかから刃が触れ合う甲高い音が聞こえ始めた。

「たわけめが」

爪が木の皮をこそいでゆく。主は季忠たちが戦っている方を一心に見据えたまま動かない。その形相《ぎょうそう》は、小平太がこれまで見たことのない悲愴なものだった。

敗ける……。

小平太の口許から笑みが消えた。

森を抜けると丹下砦の方まで泥田が広がっている。敵勢と入り乱れるようにして森を出た季忠たちは、田植えを終えたばかりの田に足を踏み入れた。敵も味方も泥田に足を取られ、こけつまろびつしながら戦っている。その姿を信長は息をするのも忘れて見守っていた。脇に控える小平太と新助の口にも、言葉はない。

激しい戦いの声が四半刻もせぬうちに止んだ。森から上がってくる風に、血の匂いがうっすら感じられる。

季忠と政次が首を斬られるのを、小平太は鮮明に脳裏に刻んだ。

「必ず仇は取ってやる」

思わずつぶやいていた。

「どうやって」

怨嗟《えんさ》の声が降って来た。小平太の背筋を寒気が脳天めがけて駆け上る。

「どうやって仇を取る気じゃ小平太」

柵にしがみついたまま、信長が見下ろしていた。朱《あか》く染まった眼に宿る怨嗟が、間違いなく己に向けられていることを知りながらも、小平太は無理矢理笑う。

「あんたがどうにかしてくれる。そうだろ吉法師」

無礼は承知。あえて津島の頃の口調で言い放つ。ここで怒りに任せて小平太を斬るようならば、本当に信長は終わりだ。この男が終わるのなら、小平太は生きて戦場に出たとしても命は無い。ならばいっそのこと、心の底から惚れた男の手にかかって死にたかった。

「どうした、ここまで来て怖気付いちまったのか」

目が霞《かす》む。頭上で己をにらむ信長の口がへの字に歪んだ。懐かしい顔だった。喧嘩に敗けそうになると、決まってこの男は口を曲げてこう言うのだ。

「怖かねぇ」

「へへ、そうかい」

笑った小平太の視界が真っ黒に染まる。己の鼻がめしりと音を発てるのを聞いて、小平太ははじめて蹴られたのだと気付いた。鼻の奥に金気の匂いがする。数歩後方に後退《あとずさ》ったが、気合で後ろに倒れるのを堪えると、地に足を付けた信長がはじめて会った時と同じように生意気な笑みを浮かべていた。

「舐《な》めんじゃやねぇ」

そう言って嘯《うそぶ》く信長は、髭を生やしてはいるが昔となんら変わらぬ悪童の顔に戻っていた。

「へへへ」

「笑ってる場合か兄者。鼻、凄い血だぞ」

駆け寄ってきた弟を片手で押し退けながら、鼻を擦る。左右に揺らす拳に、ぶよぶよとだらしなく鼻が付いて来た。小藤太が言う通り、確かに唇から顎のあたりまで生温い血でべっとりと濡れている。

「そんなもんで、もう止めるなんて言う気じゃないだろな」

「言うかよ」

小平太の答えを聞いて、信長は満足そうにうなずくと、遠巻きに眺めていた重臣連中へと顔をむけた。

「馬を持てっ」

「ここに」

近習の一人、岩室長門守が主の馬の手綱を引いて現れた。見事な気配りに小平太は息を呑む。己にはここまで信長の先回りはできないと思う。

馬に飛び乗った信長は、重臣たちを睥睨して声を張った。

「これより中島砦にむかうっ！」

「しょ、正気にござりまするか」

言って進み出たのは砦の守将、佐久間信盛であった。

信長は一顧だにせずに、馬腹を蹴ろうとする。しかし信盛は、その主の足を止めて轡《くつわ》に手をかけた。

「放せ」

「放しませぬっ」

主の激昂にも信盛は引き下がらない。信長の怒りに触れることがどれほど恐ろしいことか、信盛が知らないはずがない。それでも執拗に馬を押し留めようとするのには、それなりの訳がある。

「季忠と政次がどのような目に遭ったか、今その目で御覧になられたはず。あの二人は中島砦に向かうておったのです。あの深田に足を取られ、ことごとく討たれてしまい申した。あそこを抜けるには一列にならねばなりませぬ。細い隊列に敵が仕掛けてきたらひとたまりもありませぬっ。どうか、どうか思い止まっていただきたいっ！」

「放さぬかっ」

鐙《あぶみ》から足を外した信長が、重臣の体を蹴った。信盛は両手で轡を握りしめたまま動かない。

「御主っ！　千秋と佐々が何故、中島にむけて駆けたか解らぬのかっ！　首を取り、敵はみずからの陣に戻っておる最中ぞ。中島に向かうには今をおいて他になしっ！　どけっ！　どかぬなら、斬って捨てるっ！」

信長が腰の太刀を抜く。これには信盛も驚いた様子で、轡から手を放して飛び退いた。呆然自失の重臣を一顧だにせず、信長は吠える。

「俺に従う者だけ付いて来いっ！」

叫んで信長は砦の門へむかって馬を走らせた。すでにみずからの馬を用意していた五人の近習たちがそれに続く。

「どうする」

傍らに立つ新助がぶっきらぼうに問うてくる。

小平太は鼻の血を袖で拭い、血が混じった唾を吐いて笑う。

「決まってんだろ」

新助と小藤太がうなずき、前をむく。

「行くぞ」

もう一度、血と唾を吐いてから、小平太は主を追って砦を出た。

どうして駆けているのか、小平太にも良くわからなくなっている。

ぬかるみに足を取られぬよう、細い畦道《あぜみち》を一列になって進む。季忠たちの死によって襲撃はないと信長は言っていたが、敵は大軍である。新手が到来せぬとも限らない。歩くような暇はない。皆、列を成したまま川の向こうに見える中島砦に向けて走っている。中島砦は扇川と手越《てごし》川の合流する場所に築かれていた。ふたつの川は合流するとすぐに伊勢湾に辿り着く。海に近い中島砦は、大高城付近でもひときわ低地にあった。中島砦から海岸線を辿るように進めば鷲津砦があり、そのまま道なりに行けば丸根砦である。そして、その両砦の先、大高川を越えた場所が大高城であった。

鷲津、丸根が落ちた今、中島砦は織田方の最前線である。

とはいえ、果たして行く意味があるのか。

信長がなんとかしてくれるはずだと思ってはいるが、二千の兵でなにができるというのか。善照寺砦から中島砦に進んだところで、状況が好転するはずもない。むしろ高台にある善照寺砦に腰を据えた方が、敵の動きを推し量り易いように思う。

勝てない……。

心のどこかで思っている。千秋季忠たちは三百あまり。それが二千になったからといって、なにが変わるというのか。敵に囲まれ一網打尽であろう。

笑えない。

それでも、信長の背を追っている。小平太が駆ける畦の両脇に見える泥田に、赤黒い斑《まだら》模様が散らばっていた。首の無い骸がそちこちに転がり、梅雨晴れの陽を受け、すでに臭いを放ち始めている。その中に、季忠と政次の骸もあるはずだ。

じきに己も……。

気弱な言葉が胸の裡に浮かんだ。

「くそっ」

駆けながら頭を左右に激しく振って、最前の言葉を振り払う。

「川だ」

前を行く新助が後ろも見ずに言った。

「わかってる」

ぞんざいに言い放ちながら、小平太は前方に見える扇川に目をやった。すでに先頭を行く主は、川面に馬の足を突き入れている。信長の後ろを行く騎馬武者たちが続々と後に続く。

「おっ……」

今度は背後から弟の声が聞こえた。

「うっせぇな」

わずらわしさを声にする。

「空が啼いた」

「なんだそれ」

「ごろって啼いたの、兄者には聞こえなかったか」

「さぁな」

梅雨とは思えぬほどの晴天である。雲はあるが、白い小さい物が蒼天に点々とばらついているだけ。鼻から息を吸ってみたが、湿った匂いは扇川から流れて来る緑を帯びたものだけで、雨の気配がするような甘味を感じさせるものはない。

ごろ……。

遠くの方でたしかに空が啼いた。

「ほらな」

「良いから、さっさと走れ」

弟を叱り、小平太は川岸の砂利を蹴りながら駆ける。前方を行く仲間たちは躊躇なく川に入ってゆく。梅雨の水嵩でも腰まではない。流れを気にせず駆け抜ける。

川の堤《つつみ》とも呼べぬ斜面を登り終えると、そこはもう中島砦であった。信長の到来を受けた砦は、門を開いて小平太たちを迎え入れた。が、二千の兵が入り終えると、すぐに固く閉ざされた。

「良くぞっ、良くぞここまで……」

守将の梶川高秀《かじかわたかひで》は、顔を紅潮させながら二千の兵の前で感極まった。眼前で丸根鷲津両砦が落とされるのを見ていたのだ。いつ敵が押し寄せてくるかと気が気でなかったであろうと小平太も思う。感極まるのも無理はない。

中島砦は元々、村であった場所に堀や柵を築いて砦にしたものだ。二千の兵を入れても、十分余裕はある。

「とにかく、中へ」

高秀は主を砦の一番大きな屋敷へと誘おうとする。

「そんな暇はない」

怒鳴りつけた信長に、高秀は呆気にとられ口を開いたまま動かない。二の句が継げぬ守将をそのままにして、信長がここまで従ってきた小平太たちにむかって叫ぶ。

「すぐに出るっ！　支度をせいっ！」

「じゃあ、なんで寄ったんだよ」

小平太の隣で弟がぼそりと毒を吐く。

「い、いや信長様。それは如何なる御所存でありましょうや」

信長を囲む家臣たちの輪から一際大柄な男が進み出た。

柴田権六である。

単身清洲城を出た信長にこの男が追いついたのは、善照寺砦でのことであった。丹下砦を出た時に千あまりであった手勢が、善照寺で二千に膨らんだのには、権六ら織田家の重臣たちがみずからの兵を連れて合流したからである。権六は善照寺砦から中島砦へむかうと信長が言った時は黙っていたが、どうやら堪忍袋の緒が切れたようであった。怒りが強毛に覆われた顔に満ち満ちている。心根が顔に存分に顕れるから読み易い。

叫びたいのを堪えるように、権六が声を抑えて主に問いを投げる。

「丸根、鷲津は落ちておりまする。ここより出ると仰せであられるが、いったい何処《いずこ》へと向かうおつもりか」

「支度をいたせ」

信長が権六を無視して、一同に告げる。

「打って出るというからには、なにか策がおありなのでござりまするなっ！」

織田家一の猛将が叫んだ。あまりの大音声に、家臣たちが静まり返る。ごろりとした鼻に開いた洞穴から大風を吐き出しながら、権六は幾分声を抑えて眼下の主にむかって続けた。

「はっきりとした策を打ち明けてはくださらず、ただただ、行く、出る、支度いたせ、では最早通りませせぬぞ。ここは敵の真っただ中にござりまする。千秋、佐々がどうなったか御覧になられたはず。無闇に飛び出して主従ことごとく討ち果たされてはたまりませぬ」

「また裏切るか」

「今、なんと」

権六の声が震えている。

「信行の時のように、今川に降るか」

「言っておられる意味が……」

「命が惜しいのであれば、今川に降るがよい。儂は止めぬっ！」

「儂がいつそのようなことを申したっ！」

またもや怒号が砦を震わした。悪鬼の形相の権六が、主を今にも縊《くび》り殺さん勢いで睨んでいる。あまりにも鬼気迫る姿に、飛びついて止めようという者もいない。裂帛《れっぱく》の殺気に晒されながら、信長は静寂のなかで猛り狂う家臣を見据える。

「打って出るならば打って出るで、信長様の策を御伺いしたいと申しておるまで」

細い髭を歪《いびつ》なまでに曲げながら、主が笑う。

「よかろう」

権六に言ったかと思うと、分厚い胸を突いて家臣たちの輪の中央にみずから躍り出る。

「良いかっ！　敵は昨夕より大高城に兵糧を運び入れ、そのまま丸根と鷲津に攻めかかって疲れ果てておるっ！　こちらはまだ一戦もしておらぬ。戦は数ではないっ！　敵は疲れておる敵を勢いで押す。押されたら引けっ！　敵が引いたら押すのじゃっ！　敵を練って練って、崩す。分捕りはするなっ！　殺しても放っておけ。首など刈る暇があるなら、一人でも多くの敵を殺せっ！　武功のことなど気にするなっ。この戦に勝てば、ここにおる者の武功は疑い無しぞっ！　家中の誰も文句は言わぬ。儂が言わせぬっ！」

細波のようなどよめきが、家臣たちを包む。

「へへへ」

小平太は思わず笑っていた。

分捕りはするな。つまり殺した敵の物は奪うなということだ。首を取らずとも功となすということは、この戦に従っている者すべてに褒美が与えられるということである。

勝ちさえすれば。

「どうじゃ」

権六をにらみ信長は問う。

赤ら顔の猛将は呆れたように溜息を吐いて、腕を組んだ。

「敵を見付け次第、手当たり次第に襲いかかる。儂にはそう聞こえ申したが」

「勝ち続けるのじゃ。それしか道は無い」

無策。

小平太でもそう思う。だが、そんな信長を見限る気になれない。今までだってこうして、この男は何度も勝ちを手にしてきたのだ。戦場での勘働きは誰にも敗けない。

「千秋殿、佐々殿の手勢に加わっておった者等がっ！」

開け放たれた門の方から、泥と血に塗れた男たちが駆け寄って来る。そのなかには小平太も見慣れた顔があった。

「犬千代ではないか」

前田犬千代は、信長の怒りを買って放逐され、今は浪々の身である。陣借りをして戦に臨んだのであろう。

季忠とともに戦った者たちが、信長の前に首を並べている。

「儂とともに行くか」

「どこまでも御供致します」

男たちが頭を下げる。

「ならばもう首など取るな」

驚いて顔を上げた犬千代たちに、先刻の言葉を主は聞かせた。敗北に疲れ果てていた男たちの顔に、ふたたび覇気が宿る。

「行くぞっ皆の者っ！　これより先、儂がかかれと命じたら、ただひたすらに目の前の敵に襲いかかれ良いなっ！」

ごろ……。

また天が啼いた。

小平太は天を見上げる。

雲がなんとなく集まってきているような気がした。所々黒くなっている。

「こりゃ、ひと雨来るぞ」

かたわらで小藤太がつぶやく。

「殿っ！」

家臣たちのなかから、四十絡みの男がまろび出て、信長の前に平伏した。

「なんじゃ御主は」

「そ、某は簗田《やなだ》弥次《やじ》右衛《え》門《もん》と申しまする。ぜ、是非とも殿の耳に御入れしたき事がござりますれば、こうして無礼を承知で罷り出で申した」

平伏する弥次右衛門の前に信長がしゃがむ。

「申してみよ」

天が激しく啼いた。


走る。

もはや小平太は、己がどこを走っているかすらわかっていない。

丸根鷲津辺りに布陣する敵を襲撃するために、大高城方面へと向かうはずだった。しかし今、小平太は東海道筋を東南方面へむかって駆けている。

弥次右衛門の所為だ。

あの四十絡み男の話を聞いた信長は、一瞬顔を強張らせた。そして、弥次右衛門の肩をがっしと摑み「真であるな、その話」と何度も聞いた。嘘であったら斬ると脅されてもなお、弥次右衛門は真であると繰り返した。幾度も確かめた後、信長は東海道筋を行くと宣言したのである。

なにがなんだかわからない。

果たして弥次右衛門は信長になにを耳打ちしたのか。小平太たち馬廻りには知らされていない。あの時、信長の間近にあった権六たち幾人かの重臣は、弥次右衛門の言葉を聞いていたようだったが、皆一様に信長同様、顔を強張らせて固まっていた。告げられぬまま進路を変更されたとしても、小平太たちのやるべきことはひとつ。走るのだ。

主を信じてただひたすらに駆ける。信長直属の兵である馬廻りには、それ以外の道は残されていない。

中島砦は周囲の敵の目に晒されている。信長が兵とともに砦を出たことは、すでに察知されているはずだ。追ってきている者がいてもおかしくはない。

どこから襲撃を受けるかわからぬなか、扇山をはじめとした山々と丘陵が点在する谷間を疾駆する。

「おい兄者、来るぜ」

ともに走る小藤太が天を見上げた。おもわず小平太も目を空にやる。

「あ……」

空が一面黒雲に覆われていた。あれほど晴れ渡っていたというのに、砦をでて四半刻もせぬうちに、一気に薄闇が辺りを包むほどの曇天に姿を変えていた。

ごごごっ……。

一際大きく空が啼いた。先刻までの遠方ではなく、小平太の頭上で空は啼いた。被る陣笠を雨粒が叩く。雨だと思った時には、天はすでに割れていた。

信長の軍勢は滝の只中に突如として投げ出された。稲光が方々で閃き、轟音が鳴り響くなか、軍勢は一瞬、動きを止める。

「こりゃ駄目だ」

弟の声はするが、激しい雨と飛沫《しぶき》の所為で姿が霞んでいる。

「痛っ」

肌に当たる雨の痛さに、思わず小平太は叫んだ。地に目を落とすと、あっという間に水が溜まり始めている。黒々とした水面に、白い物が混じっていた。どうやらそれが痛みの根源であるようだ。

「雹《ひょう》が降ってら」

声だけの弟が、白い物の名を呼んだ。

前すら見えぬ雷雨である。

当然、小平太は止むまで行軍は止まるものと思っていた。しかし、前の方が騒がしい。声ではない。鎧が擂《す》れる音が鳴り始めている。

「嘘だろ」

小平太のつぶやきは雨音に掻き消され、誰にも届かない。

目の前に立つ新助が歩き出した。そうなると小平太も足を動かさぬわけにはいかない。徒歩はすぐに駆け足となり、駆け足は一気に疾駆へと変わる。そうして小平太は、雨が降る以前となんら変わらぬ行軍に従う。考えるよりも先に動かなければ、すぐに置いて行かれそうになる。

横殴りの雨が顔を叩く。一寸先は闇。目の前の新助の背中だけが、行く末の標であった。いったい何処へむかっているのか。遥か先を行く信長に問いたかった。

中島砦を出るまでは、信長は確たる行く手がなかったように思う。権六との言い合いの後、皆に語った言葉から考えてもそれは明らかだ。

砦を落とし疲れている敵を叩いて崩し、勝ちを重ねてじわじわと押す。

それが信長の頭にあった策であろう。分捕りと首を刈ることを禁じ、小平太たちを遮二無二戦わせることで、敵に生じる隙を徹底して潰してゆく。

長年、信長とともにいた小平太には腑に落ちる策ではある。敵の弱いところを執拗に叩く。どれだけ強靭《きょうじん》な敵であろうと、構わず叩く。そうして敵が疲れたところで、和議の道を探る。もちろんこちらが優位な立場でだ。信長らしい。

簗田弥次右衛門だ。

あの男が耳打ちしてから、状況が変わった。これほどの雷雨のなかを強行してまで進むべき敵など、それまでの信長にはなかったはずだ。今の信長は、間違いなくなにかを目指している。

「いかんぞこりゃっ」

背後で弟が叫んだ。雹混じりの豪雨である。腹から声を出してやっと、目の前を駆ける小平太の耳に届く。

「へへへ」

陣笠の下で小平太は笑う。当然、この雨では弟が聞いているはずもない。

誰が……。

この戦場に集っている敵、そしてこの場にいない味方も。いったい誰が、この雨のなかで進軍している者がいると思うだろうか。

いない。

間違いなく今この戦場で歩を進めているのは、信長の率いる軍勢のみだ。

そう考えると、小平太は心中から沸き起こって来る震えを抑えきれない。雹混じりの豪雨に濡れる寒さなど、戦場を駆ける熱には勝てぬ。震えているのは寒さの所為《せい》ではなかった。

これだから、この男に従うのを止められない。

信長だけが、余人とは別のなにかを視ている。感じている。触れている。それは決して行儀の良い物でも、武士として大名として備えるべき物でもない。

獣……。

小平太の脳裏にそんな一語が過《よぎ》る。

しょせん戦など、人の皮をかぶった獣たちの戯れではないか。刃を振るって敵地を侵し、敗者を殺し、全てを奪う。みずからが生きるためならば、余人が死んでも涙ひとつこぼさない。そうでなければ、この世など生きてはゆけぬ。獣にならなければ、獣に喰われて終わりなのだ。

だからこそ誰よりも獣である男こそが、この世でもっとも強いと言えはしないだろうか。

信長。

これまで小平太が見てきた者のなかで、誰よりも獣であった男の名である。

獣は匂いに敏感だ。

敵の、弱者の、隙の匂いに。

相手が最も嫌がる場所を攻める。敵を仕留めるためには、誰もがそれを念頭に置いている。しかし、そう易々と敵は隙を見せないものだ。見せたとしても、一番初めにそこを守ろうとする。

匂いに敏感な者は、堅固な守りさえ摺り抜ける。

家督を継いだ頃の信長のまわりは敵だらけであった。

織田大和守、伊勢守、兄と弟……。

腫れ物と蔑まれ、家中に味方の少なかった信長にとって、敵は常に己よりも強大であった。

潜り抜けてきたのだ。

全ての困難を。

誰よりも研ぎ澄まされた獣の嗅覚で。

豪雨に晒され莫迦になった鼻でも、あの男はしっかりと嗅ぎ分けているのだ。この雨の向こうに敵がいる。信長が心の底から求めた敵が。

だから小平太は迷わない。

無心で彼を追う馬廻りたちは、決して信長を疑わない。

雨が男たちを容赦なく打つ。飛沫よりも濃い靄《もや》が、小平太の前を行く男たちの群れを包んでいる。眼前を駆ける新助の大きな背から、湯気が立ち上っていた。

燃えているのだ。

小平太と同じように。

遠くで地響きがする。木が倒れた。雷に打たれたのか。それとも雹と雨に打たれ、堪えきれずに大木が地に伏したのであろうか。

行く末に待つ敵は果たして何者なのだ。

そんな筈《はず》はない、と己の脳裏に浮かんだ名を小平太は掻き消す。そんなことがあるわけがない。あってはならない。よしんばあったとして、二千という小勢で果たして敵うものなのだろうか。

体が震える。

槍を持つ手が雨に濡れ、どれだけ握りしめても柄が滑る。雨中の戦いともなれば、槍の扱いだけでひと苦労だ。足場の悪さも相俟《あいま》って、日頃どれだけ腕を誇っている者でも不覚を取ってしまうということが往々にして起こる。強者が弱者に敗れる。

「へへへ」

「よくこんな時に笑えるな」

背後から弟の声が返って来た。驚くほど明瞭なその声に驚き、小平太は我に返る。

雨が止んでいた。

前を行く新助が足を止める。小平太も立ち止る。

黒雲が散り、一条の陽光が射す。照らしていたのは、小平太の行く手をさえぎるようにしてそびえる小高い丘であった。山なのか丘なのか。果たしてそれに名はあるのか。小平太は知らない。

ただ明らかなのは、そこに敵がいるということだけだ。

丘陵の斜面にびっしりと旗が並んでいた。雨に晒されたそれは、旗竿《はたざお》に括られたまま力無くうなだれ、はためくことを忘れてしまっているかのようである。

二引両《ふたつひきりょう》。

「今川……」

丘を見上げ、小平太は思わずつぶやいていた。

「兄者……。あれ……。あれは」

隣に並んだ小藤太が肘で小突く。

「丘におるのは、もしかしたら」

もう一方の隣に立つ新助がつぶやいた後に喉を鳴らした。

「やるしかねぇ。やるしかねぇだろ」

小平太は濡れて重くなった鞢に包まれた手で槍の柄を握りしめる。その時、前方から信長の声が全軍に響き渡った。

「すわ、かかれっ！」

主の上擦った声が、小平太の張り詰めていた心の糸を断ち切った。

腹の底から吠え、気付いた時には駆けだしていた。弟や新助のことなど、もはや頭にはない。ただ一心不乱に、眼前の二引両を目指して走る。

分捕り首狩り無用。

殺して駆けるだけ。

なんとわかりやすい戦であろうか。

「へへへ」

笑みのまま小平太は駆ける。一人、また一人と味方を追い抜いてゆく。眼前に騎乗のまま駆ける主の背中が見えた。そもそも、馬にまたがったまま我先に敵に駆けてゆく大将など見たことがない。足軽が崩した隙間に馬を乗り入れ、敵をかく乱して穴を広げるのが騎馬武者の役目である。陣容を整えた敵に当たったところで、万全な態勢で突き出された無数の槍で馬の腹を貫かれ、引きずり落とされて終わりだ。

なのに信長は、そんなことなどお構いなしというように、誰よりも速く馬を走らせ敵へとむかってゆく。

「うつけめ」

先を行く背中に笑みを浮かべて語りかける。

あのうつけがいたから、己はここにいるのだ。四万を超す敵の真っただ中。恐らく、大渦の中心であろう。

これほど心の躍る戦場はない。男の本懐、ここに極まれり。

「儂は織田家馬廻り、服部小平太なりぃっ！」

小平太は吼え、慌てふためく敵目掛けて槍を振るった。

どの顔からも気が削げ落ちている。よもや自分たちが敵に攻められるなど思ってもみなかったのだろう。なんとか豪雨を凌ぎきり、陣容を整えようとした矢先の襲撃である。誰が十全に戦えるだろうか。

「知ったことか」

にやけ面の小平太は、あんぐりと口を開き己を見つめる敵の喉を一直線に貫いた。

「兄者っ！」

小藤太が追いついてきた。振り返らず、敵の首から穂先を引き抜き、小平太は先を急ぐ。

「信長様じゃっ！　信長様より先に丘を登るぞっ！」

屠った骸を振り払い、小平太は進む。
戦がはじまった。

漆 義元

雨は、まだこの地を濡らしてはいなかった。

「しばし休息するとしよう」

足軽たちが担ぐ輿《こし》の上で空を見上げながら、義元は言った。戦場で輿を許されているのは、足利に連なる今川家の特権である。

嫌いだった。

馬のほうがよほど速いし、身動きも取れる。輿は人が担ぐ故、頭数がいる上にここぞという時、思うままに動けない。

馬で良いと言ったのだが、今川家の権威を示す出陣であるのだから輿に乗られた方が良いと鼻息を荒らげて語る重臣たちの勢いに押され、漆塗《うるし》りの豪奢《ごうしゃ》な輿に、渋々尻を落ち着けている。

担ぐ者たちの歩みに釣られて緩やかに左右に揺れるのも、嫌悪の一因であった。酔うのである。吐き気は催さないのだが、長い行軍ともなると腹の底に重い物が溜まったような心地になるのだ。それでも急ぐ行程であれば、我慢して進むのだが、今日はさほど急ぐ道でもない。

「あれはどうじゃ」

畳んだまま檜扇で行く手に見える小高い丘を示す。すると輿の脇を行く壮年の重臣が、うなずいた。松井《まつい》宗信《むねのぶ》。遠江、二俣《ふたまた》城の主である。

「結構ですな。あそこであれば周囲を見渡せましょう」

「あの山に名はあるのか」

「名……。でございまするか」

宗信は遠江に住している。尾張の片隅の山か丘かすらはっきりしない土盛の名など知るはずもない。義元自身、さほど知りたいと思って問うた訳でもないのだ。ただ、気まぐれに聞いたまでのこと。本心ではどちらでも良い。

宗信は背後の徒歩《かち》に声をかけた。尾張の地に明るい道案内の者である。

「桶狭間山、と申すそうです」

「桶狭間……。か」

前方に見える山を見つめながら義元はたしかめるようにつぶやいた。

「では、陣所を築きまする故、兵を先行させまする」

「うむ」

宗信が先を行く列のなかへと馬を走らせた。

「それにしても暑いの」

梅雨とは思えぬ晴天を、屋根の陰から恨めしそうに見上げ、掌中の檜扇を開く。まだ夜が明けてから一刻あまりしか経っていないというのに、この暑さである。前方に見える桶狭間山まで辿り着くまでには、あと半刻はかかろう。設えられた陣に落ち着くのには、さらに四半刻はかかろうか。

その頃には前線から報せが届くだろう。

夜のうちに大高城の松平元康から兵糧を無事運び入れたという報せを受けている。それを今か今かと待っていた朝比奈泰朝は、朝を待たずに沓掛城を飛び出していった。あの猛将のことだ。万に一つの間違いもない。すでに鷲津の砦は落ちているはずだ。

気にかかるのは元康の方である。

みずから願い出たとはいえ、大高城へ兵糧を運び終えた後、満足な休息も取らずに丸根砦を攻めるのだ。まだまだ戦に出た数も少ない元康である。武功を焦るのはわかるのだが、逸り過ぎて間違いが起こらねば良いのだがといらぬ心配をしてしまう。

　こんなことを泰朝あたりに知られたら、諫言を喰らうだろう。

「三河の人質風情など死んだところで、痛くも痒《かゆ》くもございますまい。むしろ松平家の惣領が死んでくれたほうが、三河の支配も容易に進みましょうぞ」

　したり顔で語る武人の面が脳裏に浮かんで、義元は固い笑みを浮かべる。

　三河の人質風情であろうと、義元はあの若い松平家の惣領を買っていた。姪婿であるからなどという安易な庇護ではない。松平元康という男を、義元は武士として高く買っているのだ。

　齢十九とは思えぬ醒めた目と、父に似て真っ正直な気性が、相反する力となって元康という器に収まっている。心根の奥底にある深い闇が、人の芯を冷徹に覗く。瞳に宿る冴《さ》え冴《ざ》えとした光に正面から見据えられると、義元はたまに寒気を覚える。そのくせ、言葉を発すると誰よりも熱く真っ正直な正論を疑いもなく口にする。取り繕うような素振りもない。心底からの言葉である。

　元康は手許に置いておきたい若き駒だ。これからはじまる長き戦の、こんなとば口で死んでほしくはなかった。

一際激しく輿が揺れる。体勢を崩したが、床板に手を触れて、なんとか倒れるのだけは堪えた。

「こ、このあたりは沼地が多うございまする。元来水はけが悪き土地にて、足を取られました。何卒、御容赦を」

揺れの原因となった男が、声を震わせながら首を何度も縦に振っている。雑兵だ。

義元が怒りに任せて断罪すれば、簡単に首が飛ぶ。

「良い。気を付けてくれ」

「ははぁっ」

安堵の返事とともに、男は肩に棒を喰い込ませたまま背筋を伸ばした。

隊列はゆるゆると進む。総勢四万とはいえ、義元を守る本隊はその半数にも満たない。元康や泰朝のように、各寄親がみずから寄子たちを率いて、本隊の周囲に展開して、大高城へと進軍している。丸根鷲津が落ちた後に大高城に集結することになっていた。

戦の本番は明日以降である。元康と泰朝の働きは、前哨戦に過ぎない。

焦る必要はないのだ。

そんな義元の想いが皆にも伝わっているのか、輿の上から見える兵の肩の力が抜けていた。これから戦場にむかうというよりは、領内の家臣の城に出かけるような気安さを感じる。

それで良いと義元は思う。

まだまだ敵とぶつかるような場所ではない。居るはずもない敵を恐れ、肩をいからせ疲れるよりは、気楽に進み力を蓄えておくほうが良い。駿府を出てすでに七日である。次に戻れるのはいつになるか解らぬのだ。気を抜くところでは気を抜いて、いざ敵と向かい合えば死ぬ気で戦う。それでこそ真の武士ではないか。

そう思いつつも、義元の顔に緩みはない。輿に揺られながら、腰の太刀に手をやった。拳で柄を叩きつつ、虚空をにらむ。

丸根鷲津を落とされた信長はどう動くか。

いまだ清洲を出たという報せはない。すでに両砦を攻められているということは、信長の耳にも入っているはずだ。ここで動かなければ、後は城に籠って戦うしか道はなくなる。

それこそ詰みの一手だ。

道三亡き美濃に後詰は望めない。信長を助ける者は己が家臣のみ。

後詰の望めぬ籠城など下策中の下策である。そんな手を打つような男ならば、信長など敵ではない。ろくな苦労もせず、尾張は手に入ることだろう。

本来ならば、義元にとってそれが一番都合の良い成り行きだ。なのに、安易な道程を脳裏に思い浮かべると、腹の底に苛立ちが芽生える。

柄を叩く拳に力が籠る。一点を見つめたまま険しい顔付きで固まっている主を、棒を担ぐ者たちがちらちらと見上げているのだが、義元は気付いてもいない。思惟の海に埋没したまま、心地良い浮遊感を味わっている。

果たして信長はそれほどの愚者なのか。

うつけなのか。

違う。

何故か義元には断言できる。愚者には尾張一国を手に入れることなどできはしない。蛇蝎《だかつ》の如き強欲に魅せられた大和守、伊勢守のような年寄りたちを出し抜き、母をはじめとした大人たちを後ろ盾に持つ弟を謀殺し、力ずくで尾張を喰らったほどの男が、安易な籠城など選ぶはずがない。

柄を叩く手が痛む。ごつごつという武骨な音が担ぎ手たちの耳に不穏な響きを持って届いている。もう誰も主を見上げようとはしない。義元の怒りを恐れ、息を潜めて輿を進めることだけに邁進《まいしん》している。

「さて……。愚者なれば如何にする」

この戦は駿河の今川と尾張の織田による尾張東部の攻防などという小さなものではない。天下へと続く戦なのだ。如何にして勝つかにもこだわるべきである。城に籠ったからといって、大軍で囲んで敵が敗けを認めるのを待つような戦い方では、義元の動向をうかがっている諸国の狼たちにはなにも響かない。ただの勝利でしかない。

いっそのこと大高城に入ったまま、動かずにいようか。兵糧はたんまりと運び込んでいる。信長が清洲から出ないのならば、領国内からどんどんと運び込ませれば良い。幸い今は夏であり、秋には米が実る。兵糧に困ることはない。四万五千で尾張東部を占拠し、信長が動くのをいつまでも待つ。打って出るしかなくなったところを、正面から叩き潰すのだ。

己が策に満足し、ひとり笑む。

「愚者でなければ如何に」

両砦を攻められたことを知り、信長が城を出たとしよう。

考えられるのは砦の後詰である。いや、それしかない。

信長が出来得る限り兵を掻き集めたとしても、数千程度。泰朝と元康、そして大高城の鵜殿長照も城を出て抑える。そうなれば鳴海城の岡部元信も黙ってはいないだろう。四人の家臣たちが率いる兵だけで、すでに信長が掻き集めた兵を凌駕することができる。義元が大高城に着くころは、激戦の真っ最中であるかもしれない。四人の臣に攻めたてられている織田勢にとって、駄目押しとなる本隊の到来となるはずだ。

どう考えても信長が勝てる手筋はない。

いや……。

「千載一遇の勝機は」

みずからに問う。柄を叩く拳はいつの間にか止まっていたが、虚空を睨む目は険しさを増している。

小勢の信長が勝てる手筋は本当にないのか。大将である義元は、小さな懸念すらも潰しておかなければならない。天下へと続く道。雪斎との約束を果たす戦いである。万一にでも敗れてはならぬのだ。

小勢の利を十二分に発揮し、小さな勝ちを積み重ねるのはどうか。神出鬼没。戦場のあらゆるところに現れ、敵を崩しては消える。そうやって勝ちを繋いで、こちらの兵を削り、疲弊させる。勝ち続けることができれば、そのうちこちらが折れるかもしれない。地道ではあるが、寡兵の勝ち筋としてはあり得ぬことではなかった。

もしも信長がこの手でくるならば、義元がやることはひとつである。こちらも地道に戦うのみだ。信長が現れることに動揺せず、家臣たちに常に戦える態勢を整えさせ、急襲に備えさせるのだ。敵は負けは許されない。小さな勝ちを積み重ね続ければいけない。逆にこちらは、一度でも勢いに乗ってしまえば、そのまま殲滅《せんめつ》ということも考えられる。家臣たちに小競り合いをさせておきながら、別働隊を組んで本城である清洲を落としても良い。

投了。

脅威というほどの手ではない。

ならば一気に鳴海城を落とし、そこを拠点として大高城に入った今川勢と対峙するというのはどうか。

下策である。清洲に籠るのと変わりはない。

「これしかあるまい」

脳裏で煌《きら》めく策を思惟の海に溶かし込む。

信長が勝てる手筋はただひとつ。

この本隊を直接襲うしかない。

もし信長が、戦いに疲れていない兵とともに目の前に現れたら……。

互角である。

今川本隊と信長の手勢による正面からの潰し合いだ。

これならば、信長にも勝てる見込みがある。問われるのは兵の強弱のみ。勢いに乗れば、大将首を取ることすら可能だ。義元の首と信長の首が運命の天秤の両端に載せられることになる。

そこまで考えて、義元は馬鹿らしくなって笑った。

そもそも信長が敵陣の最奥に陣取るこの本隊まで辿り着けるはずがない。神か仏の力を得て、宙を飛ぶか地中を行くか。とにかく人の力では土台無理な話である。

やはり信長は勝てない。

「尾張の平定にどれほどかかるか」

清洲を攻め落とし、信長の臣を屈服せしめたからといって、すぐに美濃へと進めるわけではない。松平家を利用し、大きな戦を避けながら支配を進めていった三河だって、いまだに完全な今川領となったとはいえないのだ。尾張の国衆や民の信を得ながら、美濃侵攻を視野に入れてゆく。

五十まで残り八年。

尾張、美濃。不破の関を越えて近江に入って山城《やましろ》。

京までの道程はまだまだ気が遠くなるほどに長い。

「長生きせねばの」

涅槃の師に語りかける。

「殿」

不意に声をかけられ、義元は我に返った。輿の外に目をむけると、いつの間にか宗信が戻っていた。

「桶狭間山の支度、進んでおりまする」

「そうか」

忠臣から目をそらし、行く手を見た。

「おぉ、もうこんなところまで来ておったのか」

目の前に迫っている桶狭間山の姿に、驚きの声を上げた。

斜面には家臣たちが取りつき、旗を差し、切り出した木を杭にして柵を築いている。坂を登るようにして切り開かれた道が、つづら折りとなって頂《いただき》あたりまで続いていた。その道の周囲に幔幕《まんまく》が張られ、急場ごしらえの陣が設えられていた。

「本陣はあちらに」

頂付近の平地らしき場所を指しながら、宗信が言った。

三百あまりの旗本とともに、義元は桶狭間山を登ってゆく。平地に辿り着くと、二引両の紋が染め抜かれた幔幕で四方を仕切られた本陣が設えられていた。周囲の木を伐り出した気配はない。この辺りは元から平地であったのだろう。

「こちらに」

上座の床几を宗信が示す。すでに輿を降りている義元は鎧のままそれに腰を下ろした。幔幕を囲むようにして、旗本たちが義元を守っている。物々しい男たちを気にしながら、重臣たちが続々と幔幕の裡へと姿を現し、義元の左右に並ぶ床几に座してゆく。皆が揃い終えるのを待ち、義元は小さな息をひとつ吐いた。

「それにしても暑いの」

もはや口ぐせであると思い、兜を脱いだ額を濡らす汗を袖で拭いながら、義元は自《じ》嘲《ちょう》ぎみに笑った。重臣たちもそれに倣い、顔をほころばせる。

「こうも暑いのだから、気楽に休めと言いたいのだが、すでに戦場に足を踏み入れておる故、そうも行かぬ。この本陣を起点として善照寺砦に相対するよう布陣せよ」

北西にむかって兵を展開しておく。もし、信長が城を出て動くとすれば善照寺砦を要とするはずだ。もし万一の変事があるとしても、敵が現れるのは善照寺砦方面以外にありえない。

些細な憂いも潰しておく。

命を受けた家臣たちが、みずからの兵に下知をするため幔幕を飛び出してゆく。

残されたのは義元と近習のみ。幔幕の外は、旗本の猛者《もさ》たちの覇気が満ち満ちているが、本陣のなかは静寂そのものである。

天を見上げた。

周囲を木々に覆われていながら、この平地だけは空にむかって開け放たれている。蒼天だ。雲ひとつない。夏とはいえとても暑い。晴れているくせに、梅雨時のじめつきはあるから、心地良い暑さとはいえなかった。蒸し蒸しとして息苦しい。

「真に梅雨か」

背後の近習に語りかける。

「左様にござりまするな」

「ひと雨くれば少しは涼しゅうなるのだがな」

腹から深く息を吸い、首を戻すと重臣たちがぞろぞろと戻って来始めた。

「伝令っ！　伝令にござりまするっ！」

幔幕のあたりの重臣たちを掻き分けて、背に旗を挿した鎧武者が上座の前まで来て跪《ひざまず》いた。まだ床几に座っていない者たちが、小走りで集う。皆が座るのを確かめてから、義元は背筋を伸ばし、眼下の若武者に目を移す。

「申せ」

主の許しを得て、伝令の若武者は威勢の良い声で語り始める。

「鷲津砦っ！　陥落にございますっ！　朝比奈様は即刻砦を破却。砦付近に布陣し、殿の下知を待っておりまする」

「相解った。急ぎ引き返し、そのまま待機いたしておるよう泰朝に申してくれ。敵の動きにはくれぐれも気を配るようにとな」

「ははっ！」

闊達に答え、若武者は立ち上がり、素早く踵《きびす》を返して駆けだし、すぐに見えなくなった。

「鷲津が落ちましたか。さすがは朝比奈殿よ」

悔しそうに言ったのは、若き三浦義就である。

泰朝からの使いが去って間もなく、新たな伝令が本陣まで駆け上ってきた。

「松平元康様よりの伝令にございまする！　丸根砦を落とし、これを破却。松平勢は一旦、大高城に退き申した」

両砦陥落に、家臣たちがどよめいた。義元は穏やかに伝令に告げる。

「元康殿は大高城への兵糧入れに続いての功である。昨夜よりの働き大儀であった。次の下知あるまで、城内で休まれよと伝えてくれ」

「承知仕りましたっ！」

松平からの伝令が去ると、幔幕内の気が途端に和らいだ。

「敵は取るに足りませぬな」

「そうじゃ、そうじゃ」

「信長は後詰に現れなんだか」

「これは思いの外、容易き戦になるやもしれんぞ」

皆の軽口を聞きながら、義元も笑みを崩さない。

油断……。

なのか。

胸がざわつく。

過日の元康の引き攣《つ》った顔が脳裏に蘇る。信長は測り知れぬと言って、元康は恐れていた。なにをするかわからないから、尾張一国を手に入れたのだとも言った。

本当にそうなのか。

「馬鹿な」

誰にも聞こえぬようにつぶやいて、ゆるりと首を左右に振る。

過剰に恐れる必要はない。己は信長という男を、どこか過大に評価しているところがある。小豆坂にて一度は敗れた信秀の息子だからか。守護代の家老の家に生まれながら、尾張一国を手に入れた男だからか。

会ったのは一度きり。

三河、尾張両守護の会見の時の付き添いとして。ろくに言葉も交わさなかった。

「誰ぞ、謡《うた》わぬか」

戦勝の報せを受けたにもかかわらず暗雲に囚われようとしている心から目を背けるように、義元は重臣たちに声を投げた。主の憂いなど知るはずもない男たちは、我もと手を挙げる。そのなかから適当に一人を選び、大して美しくもない声に耳を傾けた。

これまでにない戦である。

雪斎との約束を果たすため、争いの行く末へとむかうための長き戦いの緒戦なのだ。気を引き締め過ぎるあまり、敵を必要以上に大きく見ているのだ。油断ではない。現実ではないか。鷲津丸根は落ち、信長は現れなかった。

敗けるはずがない。

一人目の男が謡い終わると、新たな者を指名する。重臣たちの気楽な声を聞いているうちに、義元の心も少しずつほぐれてゆく。己があまりにも気弱になっていることに、滑稽さすら覚えはじめる。

三人目が謡い終わった時、新たな伝令が到来した。

「敵勢三百あまりが善照寺砦より攻め寄せて参りましたが、鳴海より打って出た岡部殿の手勢が討ち果してござりまする。大将首は千秋季忠、佐々政次。その他に五十あまりの首を討ち取った由」

跪いて語る若者の勇ましい声が、幔幕内に戦勝の気を振り撒《ま》く。

「信長は」

「善照寺砦に入ったとのこと」

「そうか動いたか」

義元のつぶやきに伝令の若者はうなずきで応える。

「良い。下がれ」

伝令を退けると、左右に居並ぶ男たちのなかから声が上がった。

「殿の矛先にかかれば天魔、鬼神も敵いますまい」

景気の良い言葉に、重臣たちはどっと笑う。

三百の敵を打ち払った。

四万五千の今川勢にとって三百は取るに足らぬ数であるが、掻き集めて数千という信長にとってはかなりの痛手である。削れば削るほど、信長の矛先は細くなってゆく。細くなればなるほど、こちらの兵を削る威力も弱まる。この程度のぶつかり合いをあと数度も行えば、それだけで織田勢は矛として用を為さなくなるだろう。

「ささ、誰ぞ謡《うた》わぬか」

丸根鷲津は落ちた。

急ぐ必要はない。

信長は善照寺砦に入った。むかう先は中島砦か。それとも小高い丘にある善照寺砦に籠り、敵の到来を待つか。いずれにせよ、本隊は動かずとも良い。信長が大高城へと打って出たならば、泰朝がいる。城内には元康と長照がいるのだ。背後からは鳴海城の元信が襲い掛かる。

二千三千程度の敵ならば、押し潰して終わりだ。本隊が動かずとも、今日のうちに結着は付く。

ごご……。

空が鳴った。

席を立ち座の中央で謡う男は気付いていない。左右の者たちも謡いに気を取られている。

天を見上げた。

相変わらず憎らしいほどの青空である。変わったことといえば、先刻まではなかった雲が地と天を分かつあたりにじわじわと群れ集っているくらいであった。

手にした檜扇を広げて首元に風を送る。陽が高くのぼるにつれて、蒸し暑さは厳しさを増すばかり。山の上の平地である。木々は切り払われ、土が露わとなっているから木陰があるはずもない。本陣に居並ぶ重臣たちの顔にも汗の粒が浮かんでいる。下方からは、兵たちの作事の音が聞こえ続けていた。万一の敵襲に備え、逆茂木、乱杭を幾重にも設えているのだ。

ごろ……。

また鳴った。

今度は男たちのなかの幾人かが、空を見上げる。

雲が迫って来た。

先刻まで白くて小さかったはずが、気付かぬうちに大きく固まり、地から湧き上がるようにして天に輝く陽に忍び寄っている。

ごろろろっ……。

さすがに今度は全員が気付いた。雲が陽の光をさえぎり、さっきまであんなに明るかった天地が影に覆われている。

「これは、ひと雨来ますな」

重臣たちがいっせいに立ち上がる。

「作事の手を休めるな」

義元の命令一下、男たちが坂を下ってゆく。

「輿のなかへ」

近習に促され、漆塗りの棒に手をかけて輿へ上がる。床に尻を落ち着け背を伸ばし、体勢を整えた頃には、天は割れ、雨粒が乾いた地面を潤し始めていた。

もはや天に陽は無く、黒雲が覆い尽くしている。

「あれほど晴れておったに」

誰にともなくつぶやいた。雨に濡れながら、近習は輿の脇に従っている。幔幕の外の旗本たちの気配もその場に留まり続けていた。

息をする度に雨は激しくなってゆく。重臣たちが坂を降りてから四半刻もせぬうちに、視界を覆うほどの横殴りの雨が桶狭間山を襲った。

雨粒とは思えぬ固い物が、輿の屋根を打っている。

「雹にございますっ」

兜の庇《ひさし》に手をかけ、風に飛ばされぬようにしている近習が怒鳴る。叫んでいる若者の顔を、小さな氷の塊が打つ。すでに輿のなかも強《したた》かに濡れている。風にあおられた氷の粒が、義元の体にも襲い掛かっていた。幸い屋根のおかげで顔を打たれることはない。首から下も鎧に覆われているから、痛みを感じはしない。ただ、不快極まりなかった。梅雨時である。突然の雨は仕方がない。むしろこれまでの晴天のほうがおかしいのだ。それでもやはり、雨に濡れるのは堪らない。しかも鎧兜を着けたままである。鎧兜という物は紐《ひも》まみれだ。その上、衣と鎧の隙間もある。いたるところに雨が染み込んで、晴れたとしてもしばらくは湿ったままだ。この雨がすぐに去ったとしても、大高城に入るまで不快であるのは間違いない。

輿の上に胡坐をかいたまま、雨が去るのをじっと待つ。

方々で雷が落ちていた。ばりばりと音をたてて、木が倒れる音も聞こえて来る。この雨である。敵も味方も身動きは取れない。

雨が止んだら、陣を引き払って大高城に入ろうと義元は思う。雨に濡れて不快だというのもあるが、心のどこかで戦に水を差されたという気持ちもあった。大軍の威容を保って悠々と入城するはずだった。しかしもはや全軍濡れ鼠《ねずみ》である。威容もなにもあったものではない。こうなったら一刻も早く城に入って、態勢を整えて善照寺砦か中島砦にいるであろう織田勢と、義元みずから相対し決着を付ける。

そういう意味では、揺らいでいた心をこの雨が定めたともいえよう。感謝してもよいとさえ義元は思う。

雨が止めば戦は終局にむかって一気に突き進む。一度動き出したら止まらない。寡兵であろうと容赦はしない。この地で、信長を叩き潰す。清洲に戻らせなどしない。信長を討ち、熱田を手中に収め、清洲城に本拠を移した後は津島だ。伊勢湾の支配から始め、尾張一国の地盤を固める。

やるべきことは多い。

「雲が薄くなりはじめております」

脇に控える近習が言った。その声は最前のような叫びとは違っている。落ち着いていながらも、輿の上の義元に明瞭に伝わって来た。

たしかに若者の言う通り、空が次第に明るくなってきている。雨足も見るからに鈍っていた。あれほど鳴っていた雷も鳴りを潜め、陽はふたたび地を照らし始めている。通り雨と呼ぶにはあまりにも激しかった。まるで、ひと時どこか別の魔所《ましょ》にでも放り込まれたかのようである。

止んだ。

と、同時に前方から騒がしい声が聞こえて来た。男たちが叫んでいる。そこになにやら鉄と鉄がぶつかるような音も重なっていた。

「喧嘩か」

即座に思ったことを口にした。

激しい雨の渦中にあったのだ。雨宿り場所や作事のことでもめ事が起こるのも無理のないことであろう。連日の行軍だ。小さなもめ事が火種となって、日頃の鬱憤《うっぷん》が爆発することもある。

「どこの陣中じゃ」

かたわらの近習に問う。

「調べてまいり……」

そこまで言った若者が固まった。騒ぎの方へと耳をむけたまま、険しい表情を浮かべ、動かない。

その時には義元も、不穏な気配を感じ取っている。

「違うな」

「はい」

「よもや」

敵……。

最初、遠くのほうで起こった騒ぎは、まるで先刻の遠雷がたちまち轟雷《ごうらい》へと移り変わったかのごとき速さで、本陣に押し寄せてきた。

「敵襲にござるっ！」

誰が到来したわけでもない。幔幕のむこうの旗本が叫んだ。声が上がったかと思うと、幕のむこうにいた旗本たちがいっせいに、裡へと入って来た。たちまち幕は取り払われて、輿の四方を固めるように三百の旗本が陣容を整える。

檜扇を握る手に力が籠る。

「何事じゃ」

旗本に問う。

「わかりませぬ。ただ、敵が襲うて来たのは間違いありませぬ」

騒ぎは次第に近づいてきている。互角に戦っているというよりは、怯えて叫ぶ者に勇ましく吼える者たちが襲い掛かっているようだった。

山の下の味方の動転が、義元には手に取るようにわかる。

雨が降る前まで、本陣は戦勝の高揚に包まれていたのだ。その気配は当然、味方の兵にも伝わっていたはずである。こちらの優勢は明らかだった。誰も、半刻の後に己が死地の只中に放り出されるなど思ってもみなかっただろう。

そこに敵が現れたのだ。まともに戦える者がどれほどいることか。

しかしである。

敵はどれだけ多くても万を超しはしない。冷静さを取り戻した家臣たちが指揮を振るえば、必ず仕留めきれるはずだ。

この場所まで敵が押し寄せることはない。

「良いか、御主たちは儂を中心に、守りを固めよ。ここまで駆け上がってきた敵があらば斬れ」

「ははっ」

義元に目をむけることなく、頼もしい返事を口にした旗本たちは、槍を手に眼下の敵に気を集中させている。

戦が始まれば、大将のやれることは少ない。方々の将に下知を送ったところで、状況は刻一刻と移ろうのである。その時は適当と思って出した命が、裏目に出ることも往々にしてあるのだ。本来ならば、戦に臨む前に各将に策を施しておくのだが、よもやこんなところで敵から襲われるとは思ってもみなかった。雨中での兵の統率のための短い差配以外に、策を施してはいない。そうなると最早、各将を信じるしかなかった。

「織田信長か」

憎々しげに言ってから、檜扇を両手でねじり上げる。

小癪。

この一語に尽きる。

駿府を出てから、この山に陣を築くまで、常に戦の趨勢は義元によって定められていた。義元の脳裏にある盤上の駒は、敵味方ともに一糸乱れぬ精緻《せいち》さで、我が方の勝利にむかっての道を淀みなく進んでいた。

敵に先手を取られることなどない。

そう。

ないのだ。

あってはならぬのだ。

敵がここにいること自体、在り得ない。鳴海の元信はどうした。鷲津の泰朝は。大高の元康と長照はなにをしていたのだ。

「あぁ……」

虚ろな呼気が声とともに零れた。掌中の檜扇がしとどに濡れた輿の床に転がる。

義元自身が断定していたではないか。

この雨では誰も動けぬと。

元信も、泰朝も、元康も、長照も、義元と同じ思いであったはずだ。木々を倒すほどの雷と、雹が混じる横殴りの雨のなかを兵とともに進むような者はいないと誰もが思う。

違ったのだ。

一人だけいたのだ。

「うつけめが」

やはり信長はうつけだ。常人ならばせぬようなことをする。

山裾まで騒ぎが近づいていた。

「なにをしておるっ」

姿の見えぬ重臣たちにむかって叫ぶ。

「崩れた御味方が、山のほうへと押されるようにして逃げて参りますっ！　そのうち、ここも危のうなるかとっ！」

山裾の方まで見渡せるところへ様子をうかがいに行っていた近習が、泣き顔で輿に取りつく。その紅潮した頰を、義元は手の甲で打った。

「うろたえるな」

頰を押さえて震える若者をそのままにして、義元は旗本たちにむかって腹から声を吐く。

「良いかっ！　味方が崩れておるからといって、我等がうろたえ、腰を上げれば、陣は保てぬっ！　敵を退けんと戦っておる者たちもおる。じきに鳴海や大高から後詰も来よう。我等はこの場で堪えねばならぬっ！　いや、耐えきれるはずじゃっ！　織田の小勢など恐るるに足らずっ！」

「応っ！」

怯える近習の体を、三百人の勇ましき男たちの雄叫びが上下左右に震わせる。敵の気配が濃くなってゆくなか、旗本たちはいっこうに動じない。身命を賭して義元を守る。その一事のみに集中している。

一人。

また一人。

泣き顔の兵が陣所へと駈け登ってくる。

「構えぇいっ！」

義元を取り巻く男たちのなかから声が上がると、三百人がいっせいに槍を構えた。丘を登った味方の兵は、主である義元を守ろうともせず、旗本たちの脇を通り過ぎて行く。三百人の屈強な男たちは、持ち場を放棄して逃げる味方を追うことも、槍で突くこともなかった。

「と、殿ぉっ」

ふたたび山裾が見渡せるあたりまでむかっていた近習が、振り返って叫んだ。その顔は怯えに震えている。手にしていた太刀を投げ捨て逃げ出そうとしていた若者が、大波に呑まれるようにして消えた。逃げ惑う味方の大群が本陣に押し寄せ、旗本をも呑みこんでゆく。

「怯《ひる》むなっ！　殿を御守りするのじゃっ！」

輿を中心にして固くまとまった旗本たちが必死になって叫ぶ。三百人の男たちは、奔流《ほんりゅう》のなかに浮かぶ大岩のように、怒濤の勢いに必死に抗っている。悲鳴と怒号が入り混じり、我先にと逃げ惑う味方は、眼前にある主にすら気付いていない。

旗本たちに押され、輿が激しく左右に揺れる。手すりをつかんで、転げ落ちるのを堪えるだけで精一杯だった。

これほどの混乱を生むほどに、敵は大軍なのか。もはやそれをたしかめる術《すべ》すらない。退却の命を待ちもせず、崩れた味方が逃げ惑っている。このまま旗本とともに留まっていれば、迫りくる敵に呑みこまれるやもしれぬ。

退くか……。

決断しようにも、明確な状況がつかめない。逃げて来る味方はごく一部なのか。それともすでに丘の下の軍勢はことごとく蹴散らされているのか。一部であるのなら混乱はすぐに収まり、冷静さを取り戻した味方が敵を押し潰すだろう。

崩れているのは一部か、それとも本軍すべてか。

揺れる輿の上で義元は煩悶《はんもん》する。

ここはひとまず。

「退く……」

旗本たちに命じようとしたその時。

逃げ惑う味方たちが左右に割れた。そして、獣のごとき雄叫びが蒼天を貫く。

敵の群れが丘を登って来た。

「な、なんだ、あの顔は」

目は血走り、顔じゅう泥と血に塗れ、叫ぶ口の奥には黄色い牙が光っている。あれは人ではない。人外の獣だ。血肉を喰らう化け物ではないか。

獣たちは背を見せ走る者たちを、手当たり次第に槍で突いてゆく。首を取ろうとする者はひとりもいない。貫いた者を蹴倒し、別の獲物へと刃をむける。あんなものは武士ではない。少なくとも義元の知る侍ではなかった。盗人、賊徒の類である。

獣の群れが、逃げ惑う者のなかで揺るがず屹立《きつりつ》する男たちを見付けた。言葉にならぬ声を吐き散らしながら、獣たちが旗本に襲い掛かる。

輿の揺れが少し止んだ。

逃げ惑う者たちと旗本の間に獣が割り込んだことで、混乱がわずかに和らいだのであろう。

「殿っ」

旗本の長が輿のかたわらで叫ぶ。

「このまま戦いながら退いた方がよろしいかと存じまする」

「しかし、味方が」

「退きながら耐え、周囲の御味方の後詰を待ちまする。見たところ、敵は小勢。この一撃を耐えうれば、じきに波は収まりましょう」

この期に及んでの迷いは禁物である。

「よし退こう」

旗本の長はそれだけを聞くと、ふたたび獣たちとの闘争のなかに紛れた。それからしばらくすると、四人の男たちが輿の棒に取りついた。本来、ひとつに二人が付いて抱えるのだが、家中でも選び抜かれた剛の者である旗本の男たちは、四人で軽々と輿を持ち上げる。義元は前をむいたまま、後方へと輿が動き始めた。逃走ではない。後退なのだ。敵に背を見せるわけにはいかない。丘を降りながら、旗本たちが義元を中心に獣たちと刃を交えている。飛び跳ねるようにして殺到する敵は、傍若無人、槍を扱う理《ことわり》すら知らぬように無闇矢鱈に牙を剝く。理を知らぬ獣たちを、旗本たちは流麗な槍さばきで制してゆく。暴を制するのが武の道であるならば、今まさに義元の眼前で槍を振るう男たちは、武の体現者に違いなかった。

しかし、武は大波となって押し寄せる暴の前に、じりじりと押されている。桶狭間山の木々を掻き分け坂を下る味方は、一人また一人と暴虐の刃の餌食となってゆく。

敵は容赦がない。

仲間が一人が殺されても、これ幸いとばかりに数人がかりで殺した者に取りつく。得物は槍ばかりではない。引き摺り倒し、喉を嚙み切る者までいる。だからといって首を刈るわけではないのだ。

屠る。

奴等の頭にはその一語しかないのではないか。そう思わせるほどの異様なまでの殺気が、義元の輿にむかって流れ込んでくる。

首の裏から激しい震えが湧き上がり、手足の指先まで駆け抜けた。これが恐れなのか。これまで一度として感じたことのない感覚に、義元は戸惑っている。

思えば、ここまで死が間近に迫ったことなどなかった。

禅林にて厳しき修行の日々を送っていた時も、還俗して兄と争い今川家の惣領となった時も、武田、北条、そして信長の父、信秀と干戈《かんか》を交えていた時も。

義元の首まで刃が届くことなど一度もなかった。海道一の弓取りと呼ばれながら、義元はこれまで一度として死地を潜ったことはないのだ。

雪斎だ。

師が己を死から遠ざけていたのだと、義元はこの時悟った。

義元の道には常に雪斎が付き添っていた。隣に立ちしっかりと行く末を見据え、力強い一歩を踏み出してくれる雪斎がいたから、義元はここまで来られたのだ。

争いの行く末へと続く道には、雪斎はいない。それは、義元の首に死の刃が到来するということ。

みずからの命を守れるのは己しかいないのだ。

ならば。

「殿っ」

揺れる輿を担ぐ男が叫ぶ。止める声を聞かずに、義元は腰を上げた。右手は腰の太刀に添えられている。

「あれじゃっ！　あの輿を狙えぇいっ！」

獣の群れから声が聞こえる。

信長だ。

たった一度の面会の折に聞いた声である。

「見事なり」

姿の見えぬ声の主にむけて賛辞を贈った。寡兵でありながら、ここまで義元に肉薄するとは、やはり織田信長という男はただならぬ者である。

これまで以上に激しく揺れた。腰を上げていたおかげで、足を前に踏み出し手すりを踏み付け耐えることができた。担ぎ手が転ぶ。それにつられて輿が横倒しになる。

手すりを踏んで飛んだ。

着地。

斜面であることを頭に入れていなかった。右膝ががくと折れ、体が斜めになる。手を出して湿った地に触れ、なんとか倒れるのだけは堪えた。

「殿っ！」

「お下がりくだされっ！」

「殿をっ！　殿を御守りするのじゃっ！」

義元が戦場に立ったことを知った旗本たちが、思い思いの言葉を吐く。それを機に、周囲の味方の気がいっそう昂ぶる。

もはや味方で固まっていられるような状況ではなかった。見慣れた男たちの顔のなかに、醜悪な獣のものが混じっている。

柄を握り、ゆっくりと太刀を抜いてゆく。

左文字《さもんじ》の銘刀である。兵を率いる時は常に腰に佩《は》いていた。

みずから刃を振るったことなど、これまで一度としてない。天下の今川家の惣領が、将士の真似事など見苦しい限り。大将は陣中深くに腰を据え、じっと動かぬ者。雪斎がそう教えてくれた。そして実際に、己が身を挺《てい》し、義元を敵の刃から守ってくれたのだ。

「こんな姿を見たら……」

旗本たちの間から敵の姿が見えた。幸い、相手はこちらに気付いていない。もちろん剣術の心得はある。如何にして斬るかも知っている。後は実践のみ。やれる。

心に念じつつ、敵の露わになった首筋に刃を斜めに走らせる。

「ぎゅっ！」

嫌な叫び声を吐きながら、敵が血飛沫を挙げて倒れた。

「雪斎に叱られてしまうわ」

苦笑いを浮かべ、義元は血に濡れた太刀を見る。激闘の只中にありながら、意外と手応えもなく軽く斬れるものだなどと呑気なことを思う。

退くか。堪えるか。こうして己が足で地に立っていると、もはや誰かに命じてどうにかなるものでもないと思う。己が手で道を切り開かねば、明日はない。

「こちらへっ」

旗本たちは、輿を降りた義元を逃がすのを諦めてはいない。何人たりとも主には近づけさせぬとばかりに、義元の周囲を固く守る。四方に群がる敵に気を配るように、義元を中心に丸くなって坂を下って行く。

「あそこじゃっ！　義元はあそこにおるぞっ！」

敵が叫ぶ。

獣が襲い来る。

一枚ずつ薄皮を剝がれてゆくように旗本たちが無残に倒れてゆく。

敵の勢いが凄まじい。旗本たちはもはや己が足で坂を降りているというより、織田の足軽たちに押されるようにして雨に濡れた斜面を滑り落ちている。家中選りすぐりの猛者といえど、機先を制されれば思うように戦うこともままならない。足を滑らせ倒れたところを数人がかりで殺される者。敵を仕留めようと躍起になったところを後ろから刺される者。統制のほころびに、邪な暴威が染み込んで、黒い染みがじわじわと広がってゆく。染みは深く深く侵蝕し、いつかは最奥に立つ義元へと辿り着くだろう。

太刀を持つ手が震えていた。

己はどこで間違ったのか。

いや、そもそも間違っていたのだろうか。自覚がない。当たり前だ。盤石であった。勝利が約束された戦だったのだ。散々に敵に追い込まれている今でも、義元は己を疑ってはいない。

「義元ぉっ！　味方の陰に隠れておらず尋常に勝負いたせぇっ！」

信長が叫んでいる。

あの時の男と同じ男なのか。尾張守護、斯波義銀の背を守るようにして座っていた物静かな細面の男と、獣のむれの奥で叫ぶ声が重ならない。

割れた。

旗本たちの決死の壁が遂に裂け、濃い獣の匂いが義元の周囲に漂う。血腥《ちなまぐさ》く、泥臭く、汗臭い。どれかひとつとはいえぬ汚臭を撒き散らしながら、血走った眼をした敵が義元に殺到する。

「いたぞっ！　義元っ！　義元じゃっ！」

足軽たちが槍を振り回し、義元に飛び掛かる。

一本目の槍を冷徹に見極め、体をかわして柄をつかむ。そのまま引くと、よろけた男が陣笠の下の顔を露わにして義元へと近づいて来る。

煤《すす》と血で汚れた鼻っ面に太刀を掲げるように差し出す。力で斬るのではない。太刀筋である。

獣の顔が斜めに裂けた。

義元が味方の顔を斬りつけている隙を狙い、二人目が背後から襲い来る。

「槍の刺突は真っ直ぐむかってまいりまする。穂先を見極めていれば、避けることは容易《たやす》い」

脳裏に雪斎の言葉が蘇る。

斬った敵をそのままにして振り返りながら、義元は己へとむかってくる穂先の輝きを視界の端に捉えた。振り返る最中、もう一人の敵が迫って来るのも確認している。挟み撃ちの格好であった。

背後から迫りくる敵の刺突が速い。

振り返りざまに穂先を見極め、己が胴に切っ先が触れるぎりぎりのところで体をねじって躱《かわ》す。勢い余った槍《やり》は、もう一人の敵の腹を貫き止まった。

この獣たちが、味方が殺られたくらいでは止まらないのを最前から散々目《ま》の当たりにしている。味方の胴を貫いた槍を引き抜き、ふたたび義元を襲わんと牙を剝く敵の羅刹《らせつ》のごとき形相を鼻から二つに割る。

これで三人。

「ふう……」

息が上がる。

人を斬るのがこれほど気を張るものだとは、知らなかった。

だとすれば、義元は周囲に群がる敵に目をやる。人を屠り、屠られ、敵も味方もない。屍《しかばね》を踏み越えて進む。そんな戦いぶりをするこの男たちが理解できない。いったいどれほどの修練を積めば、これほどの境地に辿りつけるのだろうか。人を何人屠れば、疲れすら超越した存在となれるのだろうか。敵は清洲から駆け通しであるはず。あの豪雨のなかでも止まらなかったのだ。

やはり人ではない。

「おぉおぉおっ、義元おっ！」

こちらの疲労など慮《おもんぱか》ってくれるはずもない。むしろ疲れを見せている今こそ好機と見定め、死に物狂いでかかってくる。

一人、二人……。

とにかくめぼしい者に見当をつける。狙いを定めた敵が、義元の視線に気付いて穂先を突き出す。

今までとは違う鋭い刺突であった。顔を傾けて躱すので精一杯。

「くっ！」

頬のあたりから血飛沫が舞う。斬られたのだろうが、頭に血が昇っているのか不思議と痛みはない。

敵は素早く槍を引き、わずかな躊躇もなく二撃目を放つ。

先刻は刺突の速さに驚いてしまったが、今回は心構えが出来ている。槍をかわしてつかんだ。

先刻仕留めた敵の返り血で濡れた鞢《ゆがけ》の所為で、柄が滑った。疲れで手の力もない。避けたまでは良かったが、掴み損ねた槍は刺突の軌道のまま義元の脇を駆け抜けてゆく。結果、敵の胸にみずからの肩が触れた。

「織田家馬廻り、服部小平太春安っ！　今川義元公と御見受けいたすっ！　その首頂戴仕るっ！」

生臭い息を吐きながら、徒歩《かち》風情が小癪にも名乗りを上げた。黒くすんだ唇が、義元の白い耳朶《じだ》に今にも触れそうである。

押し退けようと肩に力を入れた。

が。

なんという強力《ごうりき》か。下賤《げせん》な織田の足軽の体は石の壁のごとくびくともしない。

「殿っ」

主の窮地を察した旗本が駆け寄って来る。それに気付いた小平太なる敵が、わずかに体を揺らした。その隙に乗じて、全身の力で押す。

小平太の体が揺らいだ。

二人の間にわずかな隙間ができる。

両手で太刀の柄を握りしめ、刃を腰の辺りに寝かせ八双の構えを取った。そのまま体を回しながら振り抜けば、小平太の胴は真っ二つになるはずだ。

「させるかよぉっ！」

唾を撒き散らしながら小平太が槍を振り上げる。穂先の間合いではない。柄で義元の頭を叩くつもりだ。

小平太の背後に旗本が迫る。

後詰の槍が速いか、それとも小平太の柄が義元の頭を打つが先か、はたまた義元の太刀が小平太の胴を薙《な》いでしまうか。

己がわずかに速い。

義元は確信している。三人のなかで誰よりも速く動きはじめたのは義元であった。

旗本の助けを借りずとも、この男は殺れる。

体が回る力を八双に構えた太刀に乗せる。その時、両膝から力が抜けた。疲れがこんな時に出るとは不徳のいたすところと思いながらも、太刀を止めることはできない。よろけ、腰砕けになりながら、それでも義元は小平太目掛けて刃を振るった。

転げる義元の眼前を小平太の槍がうなりを上げて駆け抜ける。

手応えはなかった。

しかし、小平太は膝の辺りを手で押さえ、顔を苦悶《くもん》に歪ませている。そのむこう、助けに入ろうとしていた旗本の首から、穂先が突き出していた。どうやら背後から襲われたらしい。

いったいなにが起こっているのか。考えているような暇はない。

立ち上がらなければ……。

太刀を握る手を濡れた地に突き、足に力をいれる。

「新助ぇっ！」

膝を抑えたまま小平太が叫ぶ。

視界が黒一色に染まった。

獣の匂いが鼻を覆う。

息苦しい。

誰かが息をする音が頭上で聞こえる。

身動きができなかった。

「織田家中、馬廻り、毛利新助良勝《よしかつ》。今川義元公、御首頂戴仕る《みしるし》」

そのようなことはさせぬとばかりに、義元は四肢に力を込める。両足と左手は動くが、太刀を持った右手が思うままにならない。寝かされている。腰のあたりに毛利良勝と名乗った男がまたがっているようだった。

右手の指が次第に開かれてゆく。太刀を捥ぎ取られた。左文字の太刀。今川家の宝である。

光が戻った。しかし強い力で目を押さえられていたため、視界がぼやけている。ぼやけた目が、毛利良勝であろう人影を映す。四角い顔をした武骨な男だった。義元の倍ほども大きいように思える。これではどれだけ抗っても体が動かぬはずだ。

それでも足掻かねばならぬ。こんな所で死ぬ訳には行かないのだ。己は今川三河守義元である。織田ごときに敗れはしない。

「おぉぉぉぉっ！」

あらん限りの声で叫び、全力で四肢を振った。良勝と名乗った大男の体を跳ね飛ばすつもりで暴れる。

「我が死ねば天下は治まらぬぞっ！　それでも良いのかっ！」

足利が絶えれば吉良が、吉良が絶えれば今川が。争いの行く末に立つべきは、己以外にありえない。

百年あまりもの間、日ノ本は麻のごとく乱れ、未だ終息の兆しも見えない。誰かがやらねばならぬのだ。強き者が都へ上り、天下に覇を唱えなければ、多くの弱き命が失われる。民に安寧は訪れぬ。

「わかっておるのかっ！」

頭上の良勝にむかって叫ぶ。もはやなりふりなど構ってはいられなかった。両肘を大男と己が腰の隙間にねじり込もうとするが、良勝の巨体は重く、なかなか思うようにはいかない。左右の膝を突き上げ、尻や腰を幾度も打っているが、四角い顔は苦悶に歪む気配すらなかった。

「放せっ！　放さぬか無礼者っ！」

「往生際《おうじょうぎわ》が悪うござるぞ」

冷淡な声が降って来る。

「往生際だと。我は往生の際などにはおらぬっ！　我はこんなところで死ぬ訳には行かぬのだっ！　約束したのじゃっ！　必ず争いの行く末を見届けるとっ！」

端然と義元を見下ろす良勝の口許に不敵な笑みが宿った。

「死ぬ訳には行かぬかもしれぬが、生憎《あいにく》其方はここで死ぬのだ」

「下郎めがっ！」

「下郎で結構」

「戦無き世が来るのだぞっ！　我が為し遂げるのじゃっ！　放せっ！　信長には出来ぬっ！　我にしか出来ぬの……ぐぅっ」

喉に指が絡みつき、息ができなくなる。

「そんなことは知らぬ」

首を押さえながら、もう一方の手に握った左文字の太刀を毛利良勝が掲げる。

「儂は御主の首を取る。それだけじゃ」

天下も争いの行く末もない、こんな男に己は殺されるのか。それが神仏の定めし行く末なのか。乱世は治まらずとも良い。そう言うのか。

それでも……。

足掻く。

拳で良勝の脇腹を殴り、膝は腰と尻を打つ。たとえ神仏に見放されようと抗う。

雪斎。

我に力を貸してくれ。

義元は心に念じ、全身で抗い続けた。

冷たい物が喉に当たる。

「む」

無念。言おうとしたが潰れた喉では思うようには行かない。

「御免」

左文字が喉元に降ってくる。

視界が闇に染まる最期の一瞬まで、義元はなにひとつ諦めなかった。

終章

生き残った者とともに駆けていた。

胸は今なお早鐘《はやがね》のように打ち続けている。戦場を離れてすでに半刻あまり。清洲へと戻る途上にある。

信長は帰途に就きながらもなお、みずからの身に起きたことが未だに信じられずにいた。しかし、己が馬から伸びる棒の先にぶら下がっている物を見る度に、それが真のことであることを思い知らされる。

義元の首が、上下する馬の動きに合わせて左右に揺れていた。

桶狭間にて逃げ惑う敵を散々に斬り捨てた後、新助が取った義元の首を、信長は己が馬の先に掲げさせたのである。

尾張三河両国の守護の面会の折に見た顔に相違ない。今川三河守義元が、たしかに目の前で首ひとつになっている。

義元の首を確かめるとすぐに、信長は全軍に撤退を命じた。

討ち棄てにせよとは言ったが、逃げる敵を追うなかで、味方が多くの首を取った。それらはあらためて清洲で検分することにして、戦場を後にしたのである。

義元を討った。

どんな大蛇であろうとも、頭を斬られれば獲物に飛び掛かることはできぬもの。いかに四万を超す大軍であろうと、頭を失えば死んだも同然である。これ以上の抵抗はない。とはいうものの、主の死を知ってもなお、独断で襲いかかってくる将がいないとも限らない。義元の首を取った以上、一刻も早く清洲城に戻るのが賢明である。

勝ったのだ。

桶狭間山から何度も心に唱えている。その度に体の芯が熱くなる。これほどの勝利は味わったことがない。尾張国内での戦など、すべて霞んでしまう大勝である。

今でも信じられない。

不意に目が覚めて、気付けば己は清洲城にいて、今川の軍勢に囲まれているのではないのか。これは、窮地が見せた夢なのではないか。

馬に揺られ、疑いようのない倦怠《けんたい》と眠気に襲われながらもなお、信長はみずからを信じ切れずにいる。

棒の先で無様に揺れる貴人の首を眺め、一人ほくそ笑む。真なのだ。己は義元を討ったのだ。駿河遠江三河三国を平らげ、四万五千もの大軍を率いた名家の惣領も、首となれば余人と同じ。揺れる度に見える赤く捲《めく》れた無残な傷口が、幻を打ち払ってくれる。尾張一国すら支配するのもままならぬ己などが敵う相手ではない。そんな義元に対する幻影が、哀れな肉塊の御蔭で脳裏から綺麗さっぱり消え去っていた。

「信長様」

ともに馬を走らせる長谷川橋介が呼ぶ。橋介は信長が清洲を出た時からずっと間近に侍っている。誰よりも信長の近くで、今回の戦を味わった一人だ。

無言のまま馬を走らせる主に、橋介が問いを投げる。

「信長様はいつから、このようなことになると思われておられたのでしょうか。清洲の城を出る時にはすでに、義元の首を取るつもりであったのでありましょうか」

一刻も早く城へ戻るべき時に我儘《わがまま》な問いを主に投げかける無礼など、橋介自身が弁《わきま》えているはずだ。それでも湧き上がって来る激しい衝動を堪えることができず、悩んだ末に吐いた問いであろう。ちらと肩越しに背後を見ると、橋介以外の近習たちも、馬を走らせながら固唾を呑んで主に熱い目をむけている。

「御主はどう思う」

馬の揺れで舌を嚙みきらぬよう務めながら、背後の橋介に問うた。

「わかりませぬ」

簡潔で率直な答えを橋介は口にした。

「御主等はどうじゃ」

近習たちにも問うてみたが、答えは返って来ない。

さもありなんと思う。誰が答えられようか。信長自身、こんな行く末が待ち受けているなど思ってもみなかったのだ。近習たちが推し量れるわけがない。

思えば、丸根と鷲津を敵が攻めたという報せを受けたことが始まりだった。出る。

始めにあったのは、その想いだけだった。一国を預かる者としては、褒められたものではない。権六たちに聞かせれば、怒りを通り越して呆れて物が言えなくなるだろう。しかし、とにかく信長は、両砦の襲撃を知り、即座に動くことを決意したのだ。

戦の流れが行く末を定める。

運を天に任せたといえば聞こえは良いが、けっきょくは無策の蛮行以外の何物でもない。いま思い出してみても、己の無鉄砲さに身震いする。

もし中島砦を出る間際、簗田弥次右衛門が呼び止めていなかったら、今なお信長は戦場の只中にあったであろう。

「ここより南東、桶狭間山あたりに陣を張る軍勢がございまする。恐らくは今川本隊かと思われまする」

弥次右衛門の言葉に信長は賭けた。

刹那の迷いすら許されぬ局面であった。弥次右衛門自身にも確証のない報せである。真偽を確かめるような余裕はなかった。完全な博打である。

勝算はなかった。伸《の》るか反《そ》るか。やってみなければわからない。進軍中に敵に見つかれば、包囲殲滅という危険すらある。

己はなんと愚かな将であろうか。

みずからに従う二千人あまりの命を、危うい賭けの質として投げ出したのだ。勝ったから良いものの、一歩間違えば織田家が滅んでいた。いや、一歩どころではない。十中八九、全滅という危うい賭けであった。

「信長様」

橋介の声がする。答えを求めて、主の名を呼んだのだ。

「清洲を出た時、すでに義元を討つ気であった」

近習たちが息を呑むのが、馬の蹄の音のなかでも手に取るようにわかった。

信長は口角を吊り上げ振り返る。

「戯言よ」

だったら本当のことを教えてくれと言いた気な不満そうな顔つきで、橋介が首を傾げている。それ以上の答えを与えはせず、信長はふたたび前をむいて清洲城への道を急いだ。


城内で一番広い庭に織田木瓜《もっこう》を染め抜いた幔幕が貼られ、重臣たちが揃っている。その中央に設えられた床几に腰をかけ、信長は前のめりになりながら膝の上に肘を突き、その拳に顎を載せながら、眼前に並べられた首の群れを眺めていた。

義元を討った際に、逃げ惑う今川勢を追うなかで取られた首である。家臣たちが報せて来たところによれば、三千もの首が取られたらしい。中島砦を出る際に、首は討ち棄てよと命じていたが、やはり皆、武功の証を棄てるのは惜しかったのか、これだけの首が清洲に運ばれた。

地に並ぶ三千の首を従え、ひときわ高い供饗《くぎょう》の上に、義元の首が置かれている。

「よもや」

信長に近い場所で権六がつぶやいた。この男も桶狭間まで従っている。しかし、徒歩のまま半狂乱となって敵に殺到した馬廻りほどの働きはなかった。みずからも我を忘れて義元を探していた信長は、雨が止むころあたりから権六の姿を見ていない。どこぞで働いてはいたのであろうが、実直な権六のことである。首を取るなと言った命に素直に従ったであろうから、ここに並べられている首のなかにこの男の物はないはずだ。

実直な武人は力の抜けた声で続けた。

「義元公の首を取るとは……」

権六だけではない。誰も思っていなかった。信長だってそうなのだ。ここに集う者のなかで誰一人、これほどの大勝を予測していた者はいない。

誰もが権六のように虚脱の境地にあった。

昨日の早朝から信長に従った者、城に留まっていた者。いずれにかかわらず、誰の顔にも覇気は無く、戦勝の喜びを面に宿す者は皆無であった。

望外の大勝に織田家中は、ただただ震えるしか術がなかった。

「どうした権六」

義元の虚ろに開いた目を見つめながら、信長は問う。なにを問われたか解らぬのであろう。権六から声は返ってこない。

「俺たちは勝ったのだぞ」

「さ、左様……」

「だったら嬉しそうにしろ」

「はは」

信長の視界の端を、深々と頭を下げる髭面が掠める。

「勝ったのだ。あの首が証拠ぞ」

顎を突き出し、義元を示す。

左右に並ぶ重臣たちから、ごくりと喉を鳴らす音が聞こえた。あまりにも大きな音であったため、思わず信長は吹きだした。しかし誰も主の笑い声に追従しようとはしない。静まり返った庭に、信長の笑い声だけが響く。

「殿」

後ろに控えていた橋介が呼ぶ声に、顔だけで振り返る。

「下方九郎左衛門《しもかたくろうざえもん》殿が義元公の同朋衆を捕え、参上しておりまする」

「連れて来い」

「は」

橋介が幔幕のむこうに消えた。重臣たちは誰も言葉を口にしようとはしない。静寂のなか、三千の首が信長を見ている。その中央で、義元が。

笑っていた。

新助が首を斬る時に顔を押さえて唇を吊り上げたのであろうか。それとも、真実義元は討たれる瞬間に笑ったのであろうか。とにかく首となった義元の口許には邪念の無い笑みが刻まれていた。うっすらと開いた瞼の奥にある瞳はいずれも右方を見たまま固まっている。

「吉相じゃな」

誰にともなくつぶやいた。

「はて」

右隣に座る林秀貞が気の抜けた声を吐いた。舌打ちをしてやりたいのをぐっと堪え、顎で義元をもう一度示す。

「見よ」

「あぁ」

秀貞は得心したように、おおきくうなずいた。最後まで城に籠ることを強行に主張したこの男を、桶狭間山で見た覚えがない。あの場にいたとしても、大した働きもしなかっただろうし、別段気にもしていないのだが、それでもこの首実験の場で宿老として隣に座っているのがなんとなく腑に落ちない気持ちではある。

「たしかに吉相でござりまするな」

癪に障る間で秀貞が言った。

討ち取った首には相がある。左方を見据えていれば敵に吉をもたらし、右方を見据えていれば味方に吉をもたらすと言われる。幸い義元は右方を見据えていた。つまり織田家に吉をもたらす相だということだ。

「ふん」

これ以上、この男と言葉を交わすのが億劫《おっくう》になって、信長は鼻息をひとつ吐いて口を閉じた。すると絶妙な間合いで橋介が、後ろに二人の男を従えて現れた。

「下方九郎左衛門を連れてまいりました」

首の前に二人を残し、橋介は彼等と少し離れた場所に膝立ちになって控えた。

「下方九郎左衛門にござりまするっ！」

見覚えのない顔であった。はじめて信長に目通りが叶い、九郎左衛門は全身を強張らせ、額を地につけんばかりに平伏したまま固まっている。その隣で、縄で後ろ手に縛られた禿頭の坊主が、今にも泣き出しそうな面を伏せていた。

「下方九郎左衛門。面を上げよ」

「ははぁっ！」

信長の命を受け、腹から声を吐いて九郎左衛門が顔を上げた。引き締まった顔付きの男である。

「其奴か」

「昨日の戦の折、本陣に打ちかかった際に逃げ惑うこの者を捕えましてござります。素性を問うてみると、三河守の同朋衆であると申しまする故、こうして参上仕った次第にござります」

「この男の申すことに偽りはないか」

坊主に問う。貴人の身の回りの世話をする坊主どもを同朋衆と呼ぶ。もしこの男が義元の同朋衆であったとすれば、戦場に付き従っていたとしてもおかしくはない。

「そ、相違ござりませぬ」

言って坊主はいっそう深々と頭を下げた。

「この者、このような物を持っておりました」

九郎左衛門が鞭《むち》と韘《ゆがけ》を両手で掲げた。脇に控えていた橋介が静々と九郎左衛門に近寄り、それらを受け取り、信長の元へと進み出る。手に取った韘に目を落とす。丁寧に鞣《なめ》された鹿の革の表面に、丸に二つ引きの紋が刻印されていた。

「義元公が御使いになられていた鞭と鰈にござりまする」

問われもせぬのに坊主が答えた。

「そうか、これを義元が」

鞭と鰈を右手に握りしめ、信長は腰を上げた。そのままゆるゆると同朋衆であったという坊主の元へと歩む。

坊主の面前に立ち、禿頭を見下ろす。九郎左衛門が恐れ多いとばかりに数歩後ずさった。しかし小太りな坊主は動こうとはしない。縄で縛られたまま、信長を見ようともせず、うなだれたまま固まっている。

「後ろを見よ」

坊主に冷淡に命じる。

つぶらな瞳が信長を射た。やけに白目が黄色い。脂ぎった眼にぎらついた黒い瞳が浮かんでいる。歳は信長よりもひと回り以上も離れているように見えた。四十前後であろうが、肌が艶《つや》めいて張りがあるため、なんともちぐはぐな印象を受ける。

好かぬ。

男の顔をひと目見て、信長は断じた。

「後ろを見よと申したのが聞こえなんだか」

見ねば斬る、という裂帛の殺気を視線に宿す。

顔色をうかがい、貴人が心安く日々を過ごせるようにと、彼等の一挙一動を注視し、奉仕に心血を注いで生きている男である。瞳の色を悟るくらい訳はない。信長の殺意に触れた坊主は、大袈裟なまでに震えながら、体ごと振り向いた。

「ひっ」

義元の首を見た坊主は、短い悲鳴をひとつ吐いて顔を背けた。肉で丸まった顎を柔らかい胸にめり込ませ、目を閉じ震えている。

「どうした。しかと見よ」

「どうか……。どうか御許しを」

「駄目だ。見ろ」

「しかし」

「見ねばどうなるか、わかっておろう」

鼻をすすりながら、坊主がゆっくりと頭を上げる。そして供饗の上の首と目を合わせた。

「そは誰じゃ」

問いに答えられず、坊主は震えに合わせて目を虚空に彷徨わせた。頰のぜい肉が無様なまでに揺れている。今、目の前で首となっている男の財によって蓄えられた肉である。

男の脇にしゃがみ、信長は改めて問う。

「もう一度聞く。そは誰じゃ」

「み、み、み……」

「なんじゃ」

義元の鞭で坊主の首の後ろを叩く。

「三河守様にござります」

声を震わせながらも、坊主は律儀に官職名で答えた。

「間違いあるまいな」

「せ、拙僧は間近で見ておりました故」

「なにを」

信長は坊主の首に鞭を当てたまま、頬間近まで顔を寄せた。禿頭の同朋衆は義元の首を見つめながら、喉から言葉を絞りだす。

「三河守様が討たれる様を」

「そうか、御主は見ておったか」

「はい」

鞭を外し、立ち上がる。坊主に背を向け、空の床几にむかって歩む。重臣たちが顔を引き締め、主をうかがっている。

信長は座の中央に腰を据え、義元の首を見つめたままの坊主に声を投げた。

「こちらを見よ」

もはや抗う気力を失った同朋衆は、膝を滑らせるようにして振り返ると、頭から地に伏した。平伏したというよりは、脱力したようである。

「おい、聞こえておるか」

「聞こえておりまする」

地に額を付けたまま坊主が答えた。

「其方が見たという義元の死に様、聞かせてくれぬか」

「しょ、承知仕りました」

すでに坊主は完全に信長に屈している。鼻の先まで地に付けたまま、主の死に様を淡々と語り始めた。敵味方によっての見方の違いはあれど、その話は小平太や新助から聞いたものと大差なかった。

小平太がはじめに義元に斬りつけ、その後、膝を斬られた。斬りつけた際に倒れた義元に新助がまたがり、首を獲った。

「拙僧が見たのはそこまでにござりまする。み、三河守様が討たれてしまえば戦も終わり……。とにかく逃げねばと」

「おい」

小刻みに揺れている坊主の禿頭が、信長の声で止まった。

「面を上げろ」

坊主は、全身の力が抜けてしまってでもいるのか、いっこうに動こうとはしない。

かたわらで成り行きをうかがっていた九郎左衛門が、坊主の元に向かい抱え上げた。肉付きの良い同朋衆は、胴を持ち上げられてもなお、頭だけをだらりと下げ、虚空をぼんやりと見つめている。敵に捕えられ、もはや命はないと思い定め、みずから心を殺したのであろう。

何故、ここまでこの坊主を責めるのであろうかと、信長は己の心に問う。

戦に勝った今、義元の傍に侍っていた坊主を苛《さいな》んだところで得るものなどなにもない。義元の死に様は新助たちから聞いているし、首は目の前にある。なのに、己はこれ以上なにを欲しているのだろうかと、信長は自問する。

もう良いではないか……。

「見ろっ！」

心とは裏腹に、坊主に叫ぶ。声とともに丹田に込めた気をもぶつけた。太った体がおおきく跳ね、頭がゆらりと上がる。

信長は背後に腕を回す。橋介とともに背後に控えていた岩室長門が、その手に太刀を差し出す。坊主を見据えたまま鞘に納まった太刀をつかみ、眼前に掲げる。

「こは義元の首を斬った太刀であるというが、真であるか」

「あ、あぁ……」

だらしなく開いた口から涎を垂らし、坊主が唸る。

「しかと見よ」

鞘から引き抜く。鍔元から持ち上がるように反った直実な刃を見つめていると、魂が吸い込まれるようだった。家督は子に譲ったとはいえ、実質的な今川家の惣領。良い太刀を佩いていると、太刀を見つめながら信長は口角を吊り上げる。

「左文字にござりまする」

坊主が目を伏せ答えた。

「義元様の佩刀、宗《そう》左文字に相違ござりませぬ」

堪えきれずに坊主が声を上げて泣き始めた。無意味とも思える主の加虐に、重臣たちも声を失っている。その時、信長はみずからの行いに得心がいった。

確かめたいのだ。

敵の大将を討ったことを。己が勝ったことを。義元の間近にいた者の言葉で、己が勝利を裏付けて欲しいのだ。

「勝ったのじゃ」

想いが口から零れ出す。

「儂は勝ったのじゃっ！」

輝く刀身に信長の顔が浮かんでいる。目が落ち窪み、頬が削げ落ちたその顔は、この世の物とは思えぬ禍々《まがまが》しさであった。これが勝った者の顔なのか。己が顔を見つめながら、信長は背筋を冷たい物が落ちて行くのを感じる。昨日の早暁、この城を飛び出してからというもの満足に寝ていない。義元を討ち、城に戻って床に就いたが、その日一日に起こったことが目まぐるしく脳裏を跳ねまわり続け、けっきょく一睡もできなかった。だからこその凶相であると己に言い聞かせてはみるものの、心がそれを受け入れない。

「雨が……」

坊主が泣きながら天を仰いだ。太刀を鞘に納め、信長は同朋衆を見た。

「あの雨の所為で、なにもかもが変わってしもうた」

信長に聞かせているわけではないようだった。なにかに魅入られでもしたように、坊主が憎々しげに天にむかって語る。

「蒼天が黒雲に覆われ、一寸先も見えぬほどの雨が降り、天が裂け、雷鳴が轟き、雹が地を叩いた。我等のごとき地を這う虫けらは、一歩たりとて前に進めぬ嵐であった。なのに……」

虚ろな顔が天から信長へと降りて来る。

目が合う。

深紅の眼に瞳が紛れ、どこを見ているのか解らない。思わずといった様子で、岩室長門が信長の前に滑りでて、片膝立ちになりながら主を守るように両手を広げた。

坊主は動じることなく続ける。

「御主は何故、あの地に現れたのじゃ。闇が晴れ、嵐過ぎ去りし後、我等の前に現れたのは御主じゃ。織田信長」

「無礼者めがっ！」

「黙れ」

叫んだ権六を信長は短い言葉で制する。恐らくあの坊主にはこちらの声は届いていない。ならば黙って最後まで聞くまでだ。

「御主は神仏の御使いか。いや、御主のような悪鬼羅刹が神仏の使いであるわけがない。だがしかし、御主の所業は人の業とは思えぬ。断じて……。断じて……」

いきなり坊主が突っ伏した。

そうなのだ……。

いまの坊主の言葉で、信長は己が心に巣くう動揺の根源が理解できた。

おもむろに立ち上がり、坊主へと歩を進める。重臣たちが揃って腰を浮かせたが、後ろ手でそれを制しながら、信長は歩む。

縛られたままの坊主の横を抜け、青白い首の前に立つ。

「今川義元……」

信長は首の名を呼んだ。もちろん答えが返って来ることはない。

ひざまずく。

両手で頬に触れた。顔を挟むようにして持つと、掌に冷たさがじんわりと伝わって来る。亡者の口から垂れる一筋の血を親指で拭う。

「其方に勝てる気はせなんだ」

本来ならば、義元の前に己が首を晒しているはずだった。

「しかし俺が勝ち、其方は首となってここにおる」

冷たい頰が、奪った太刀や坊主の言葉以上に、義元の死を知らしめてくれる。

「御主はなにを求めておった。何故、四万五千もの大軍とともに国境を侵したのだ」

大高城の後詰などではないのは、自明の理である。

「天下……。か」

尾張そして天下。将軍に連なる名家に生まれた義元には、それを語る資格がある。

「俺には途方も無さ過ぎてわからぬ。その日その日を生きるのが精一杯じゃ」

そばにいる坊主と九郎左衛門には聞こえているだろうが、重臣たちや近習には伝わっていないはずだ。人前でこのような率直な想いを口にすることは、耐え難いほどの屈辱である。しかし、どうしてか義元の頰に触れていると、想いが口からほとばしって止まらないのだ。

「そこの坊主の言う通りじゃ。俺が其方を討つなど人の業ではないわ。だが……」

頰に触れたまま天を仰ぐ。

「俺は人だ」

昨日の雨が嘘のように、梅雨晴れの蒼天が眩しい。流れてゆく薄雲を見つめ、信長は頰に手を当てたまま死人に語る。

「神も仏もこれまで信じたことはない。頼ったこともない。そんな俺に天が味方してくれるはずもない」

ならば……。

あの雨はなんだったのか。雨粒が地を叩く音で足音を隠すことができたから、信長は義元に忍び寄ることができた。周囲の敵の目を紛らわすことができたのだ。あの雨の所為で、義元は桶狭間山に釘づけにされた。

すべてが信長に利するように導かれたとした思えない。

いや。

坊主は言ったではないか。

あの雨のなか、兵を進めたのは信長ただ一人であると。みずからの決断が勝ちを呼び込んだのだ。決して天運の所為ではないと、信長はひとりうなずく。

「俺は俺のまま、其方を討った。あの雨はたまたま降ったに過ぎぬ。御主は動かなったが、俺は動いた。其方の運より、俺の運が少しだけ勝っただけのこと」

天からふたたび首に目を落とす。

「戦の勝ち負けなど、しょせんはその程度のことであろう」

立ち上がる。

「さらばじゃ」

首に背を向け、坊主に声を投げる。

「そこに並んでおる首のなかで知っておる者の名を出来るだけ検分役に伝えよ。できるか」

答えがない。

「役目を果たせば、義元の首とともに駿府に送り届けてやろう」

坊主が頭を上げた気配を背に感じつつ、信長はふたたび重臣たちのほうへと足を踏み出した。

「首などくれてやる」

欲しいのは義元の命だ。

それは奪った。

骸などなんの意味もない。

「励めよ」

「ははぁっ」

同朋衆の声を背にうけ、信長は重臣たちの元へと戻ってゆく。

勝った。

今はそれだけで良いではないか。今川家は要を失い力を無くしてゆくだろう。

「後はあの男がどう出るかだな」

脳裏に若き頃に熱田で会った童の顔が浮かぶ。

「三河が定まれば、次は北か」

信長の頭にはすでに義元の名は無かった。美濃の斎藤義龍。新たな獲物である。

勝利は次の戦を生む。争いに行く末などない。勝って勝って、勝ち続ける。

歩み出した信長に迷いは無かった。

*

「嘘じゃ……。嘘に決まっておる」

大高城に駆けこんで来た伝令から義元の死を聞いた元康は、忘我のうちに腰を浮かせ、うわ言のようにつぶやいた。

「殿」

傍に座す元忠が呼ぶ。周囲に侍る家臣たちが、主の顔をうかがっている。

「そんな……。そんなはずはない」

義元は全軍の大半を率いて進軍していたのだ。各地に散らばる諸将の兵たちにも、ぬかりは無かったはずである。

四万五千だ。

それだけの軍勢の間隙《かんげき》をぬって、いったいどうやって義元を討てるというのか。

「信長。あの男が」

幼少の頃の信長を思い出す。

なにを考えているかわからぬ男。いけ好かない男。でも、誰よりも元康の心の奥深くに刺さっている男。

あの男ならばやりかねないと、漠然と思っている。だが、それでもやはり、どうしても信じられない。

必勝の展開であったはずではないか。本当ならば今ごろ義元は、大軍とともにこの城に入っているはずである。大高城を本拠と定め、寡兵の信長と正面から相対し、一気に清洲城を落とすはずであった。

よもやこのような事態に陥ろうとは、今日の昼、丸根砦を落とした時には思いもしなかった。

「いかがなさりまするか殿」

皆が反対するなか、ただ一人大高城への兵糧入れを強行しようと言った杉浦八郎五郎が、気楽な口調で問うてくる。このような危急の事態であっても、この男はいっこうに動じていないようだった。元康は視線だけを八郎五郎にむける。なにか言いたげな飄然とした家臣に、目だけで先をうながす。すると八郎五郎は鼻の頭を指先でひと掻きしてから、言葉を連ねた。

「もし敵が義元公を討ったのであれば、その勢いを無駄にはいたしますまい。動揺するこちらの隙を衝き、一気に攻勢に転じるはず。これまで旗色を明らかにしておらなんだ尾張の国衆たちも、義元公の死を知れば信長に与するは必定。敵がこの城まで押し寄せれば、ひとたまりもありませぬ。ここはひとつ、速やかに兵を御退きになられるが肝要かと存じまする」

筋は通っている。

四万五千の大軍であろうと、総大将が死んでしまえば烏合の衆と化す。矛の行き先がわからぬのに、戦う愚か者はいない。それ故、敗れて逃げる者を追う時こそが、手柄首を得る絶好の機会なのである。己が命惜しさに我先にと逃げるから、追う方はその背を突けば良い。簡単な仕事である。

勝者がこの機を逃す訳がない。

「八郎五郎の申す通りにござりまする。迷うておる暇はありませぬぞ殿。一刻も早く皆に退城の下知を」

老臣が八郎五郎に同調し、うながす。場に集う者は皆、同じ想いであるらしい。

「退かぬ」

元康はきっぱりと言い切った。

己一人立ったまま、両の拳を固く握り、家臣たちを右から左へとゆっくりと見据えながら、みずからの想いを口にする。

「確たる証もないのに、迂闊に城を出て兵を退いた後、虚報であったとなれば如何にする。許しもなく城を出れば、三河守様に申し開きができようはずもなかろう。それに、そのようなことになれば、家中の物笑いの種となろうぞ。三河守様が真に死んだと知れぬうちは、城を一歩も出てはならぬ」

「しかし、もし信長が攻めて参ったならば」

「あの男ならば大事ない」

断言した主に、元忠をはじめとした家臣たちが言葉を失っている。

公算があったわけではない。だが、なんとなくわかるのだ。あの男ならば、相手が己であることを知れば、無理に押すこともないだろうと。話せばわかるはずだ。

なぜなら。

あの男は、己を気に入っているという確信があった。まだ互いに幼い頃のことである。今や信長は尾張一国の主であり、元康は今川家の一門衆だ。立場は違う。

しかしそれでも、己は信長に無闇に殺されはしないと思えるのだ。理ではない、体の芯で感じている。それ故、皆を諭《さと》せはしない。諭せはしないが、己のなかでは理を超えたところで揺るぎない自信のような物が厳然と存在していた。

「三河守様の死が虚報であった時。この一事が肝要ぞ」

「報せが真であった時、信長が攻めて参らば我等はどうなるかわかりませぬ。それでも、偽りであるという懸念に賭けまするか。殿にとって今川家は……。義元はそれほど大切なものにござりまするか」

問うた八郎五郎の笑みのままの頬が、ひくと震えた。

この男も、居並ぶ大人たちも、三河松平の臣なのである。今川家は松平家を乗っ取り、三河支配を強硬に押し進めた敵でしかないのだ。義元の姪を娶り一門衆となった元康が、松平家より今川家を第一に思っているのではないかという懸念が、皆の剣呑な視線に宿っていた。

「今川家が大事かどうかなど、どうでも良い」

八郎五郎をはじめとした家臣たちが、目を剝く。真摯な問いをぞんざいにあしらわれたことに、皆が腹を立てている。しかし元康にとって、松平と今川のいずれを選ぶかなど、本当にどうでも良いのだ。

己が生き残るための道を選ぶのみ。

「儂には何故、其方たちが三河守様が討たれたなどという報せをそれほど容易く信じてしまえるのかが解《げ》せぬ。良いか。我等は四万五千の兵を擁し、駿府を出たのだぞ。丸根鷲津の砦を落とし、三河守様はこの城に入られる手筈となっておる。信長が付け入る隙がどこにある。我等は必勝の布陣で参ったのだぞ」

「しかし、本来ならば義元公はとっくに城に入っておられる刻限にござります。周囲の味方の動揺も只事にあらず」

大高城の守将である鵜殿長照は、義元討死の報を受けるとすぐに、みずからの兵とともに駿府へと逃げ帰った。

「すでに今川勢が、沓掛城を捨てたという報せも入っておりまする」

元忠が淡々と言った。皆が無言であるのを確かめてから、淀みない口調で続ける。

「今川勢で尾張の城に残っておるのは、鳴海城の岡部殿と我等のみにござりまする。虚報であるというには、あまりにも急な兵の動きかと存じまするが」

「物見を送ってみてはいかがか」

しびれを切らしたように、八郎五郎が言った。

「義元が討たれたという桶狭間山へ、物見を遣わし、本隊がこちらへ向かっておるのが見えたれば、すぐに引き返し、殿に御伝えすれば良い。本隊がどこにもない時、または義元が死んだという確たる記を見付けられたならば、その時はすみやかに城を出て三河に参りましょう」

すでに八郎五郎は義元を呼び捨てにしている。

「三河か」

元康が問うと、八郎五郎は笑みのまま力強くうなずいた。

「我等が戻るは駿府にあらず。松平家の本領、三河にござりましょう」

明るい声に、老臣たちがいっせいにうなずいた。

「そうじゃっ！　義元がこの世を去れば、もはや誰に気がねすることもあるまい」

「岡崎城じゃ。岡崎に殿を御連れいたすぞっ！」

方々で希望に満ちた声が上がった。老臣たちが待ち望んだ、元康の岡崎帰還が夢物語ではなくなっていることに皆が歓喜している。

「まずは物見ぞ」

皆の浮かれた気持ちをたしなめるように、元康は腹に気を込め、律した。

数刻の後、物見が帰って来た。

「やはり、義元が死んだのは間違いありませぬな」

元忠の言葉に元康はうなずく。数人の物見が、本隊はすでに崩れ、義元公が討たれたことを知らせてきた。義元の首を獲った信長は、その足で清洲城に退いたこと。織田の兵たちが逃げ惑う今川勢を追い立てているなか、鳴海城の岡部元信に率いられた手勢だけが頑強に抵抗していることなどもわかった。

「いかがなされまするか」

掠れた老臣の声が元康に決断を迫る。

義元が信長に討たれた。この事実は曲げられないようである。

あの男はやったのだ。

尾張のうつけ、織田家の腫れ物は、ついに海道一の弓取りの首を獲りおおせたのである。己とは八つしか違わぬというのに、どうしてこれほどの差が開いたのか。

そればかりが悔やまれる。

だからこそ、ここで尻ごみしてはいられない。

義元は死んだのだ。

もはや頼る大樹は無い。

氏真では大きく膨れ上がった今川家を支えられぬ。花倉《はなくら》の乱の折、息子の義元を当主に据えるために還俗させ、雪斎とともに家を支えた寿桂尼《じゆけいに》が生きているうちは、なんとかなるかもしれないが、尼も高齢である。いつ身罷ることになるかわかったものではない。沈む船に乗っていてはならぬ。誰よりも先に船を降り、みずからの足で立たねば、この乱世に生きる道はない。

できるのか己に。

元康は二の足を踏む。

尻ごみしてはならぬと思いはすれど、最初の一歩が踏み出せない。これまで元康は、義元という大樹の幹に寄り添い生きて来た。義元の命に従うことで、武士としての道を歩んできたのである。

常に標が示されていたのだ。

いきなり己の足で歩めといわれても、どうすれば良いのかわからない。

「案ずることはございませぬ」

主の心の裡を見透かすように、元忠が言った。

「我等、三河松平家の臣は、この日を一日千秋の思いで待ち続けておりました。いつ何時、元康様が岡崎に御帰城なされても良いよう、支度万端整えております。我等三河衆の腹は十三年前から定まっております」

己と三つしか違わない元忠が、背後の老臣たちの想いを代弁するように言った。若者の揺るぎない言葉に、左右に並ぶ老臣たちも異存はないようである。熱い視線を元康に送り、主の言葉を待っている。

「後は儂が腹を決めるだけということか」

誰にということもなく、元康は家臣たちにむけて問う。すると、男たちはいっせいに力強いうなずきで応えた。

「そうか……」

拳を握りしめ、一度強く瞼を閉じた。

祖父様《おじい》……。

父上……。

「儂は松平元康である」

家臣たちは声を発しない。黙して続きを待っている。

目を見開き、立ち上がった。

「城を出る。支度をいたせっ！」

「目指すは何処にございましょうや」

問うた元忠をきっと見下ろし、頬を緩めて腹から声を吐く。

「三河じゃ」

歓喜の声に包まれながら、元康は天を仰いだ。父と祖父が笑っているような気がした。

いや……。

父と祖父だけではない。

義元も笑ってる。

そんな気がした。


尾張との国境を越え、元康一向は三河に入った。元康が三河に入ったという報せを受けた岡崎城を守る兵たちから、使者が来たのはそれから間もなくのことであった。

「城を明け渡したいとな」

「はい」

陣笠に粗末な胴丸を着けただけの雑兵が、上座にある元康に答えて、卑屈に笑った。左右に控える家臣たちは、主のやりようを厳しい面持ちで見守っている。三河武士の屈強な圧に押されるように、岡崎城からの使者は強張った笑みを顔に張りつけたまま、何度も首を上下させた。

「岡崎城を守っておるのは、駿河衆には間違いありませぬが、もはや将と呼べる御方もおらず、誰の許しも無く城を明け渡しては、どのような責めを受けるかと怯え、ただただ城を守っておるだけのことにござりまして……」

「故に、儂に入ってもらいたいとな」

「はい」

「そは、誰ぞの命あってのことではないのだな」

「城に籠る者たちの総意にござります」

「殿」

雑兵が語り終えるのを待って、元忠が上座に声を投げる。

答えは如何に。

家臣たちの想いを代弁しての言葉である。

「城には入れぬ」

思ってもみなかった答えに、使いの雑兵の顔が一気に引き締まった。家臣たちにと

って も予想外であったらしく、上座に顔をむけたまま皆が目を見開いている。

「確たる将の命もなく駿河衆を押し退けて城に入るは、氏真殿に義理が立たぬ」

「殿っ！　まだ、そのようなことをっ！」

いきりたつ老臣に手を掲げて抗弁を制してから、目の前の雑兵に声を投げた。

「済まぬが、城に戻って皆にそう申してくれぬか」

「し、しかし……」

「良いか、しかと伝えてくれよ。駿河衆を押し退けて城には入れぬ。儂がそう申して
おるのじゃ」

「は、はぁ」

得心が行かぬといった風に、男が小首を傾げている。

「良い。御主は一言半句違《たが》わずに、城の者に伝えてくれるだけでよい。御苦労であっ
たな」

雑兵が退くのを待って、元忠が口を開いた。

「そういうことにござりまするか」

「どういうことじゃっ」

いきり立つ老臣に、若き元忠がわずかに申し訳なさそうに目を伏せながら口を開い

た。

「殿は駿河衆を押し退けての入城は氏真殿への義理が立たぬと申されたのです」

「だから、それがどうしたのじゃっ！　もはや今川家に義理立てなど不要であろう。むこうが城に入ってくれと申しておるのじゃ。誰に気がねすることもあるまい。堂々と正面から城に入れば良いではないか」

「噂というものは恐ろしゅうござります。悪い噂が広がれば、今日の味方も明日には敵となる。だが、良き噂は人を引き寄せる力を生むもの」

元忠の言葉に、皆が聞き入っている。

「あの伝令は得心が行っておらぬ様子でありましたが、城内には必ず殿の真意を理解する者がおりましょう。我等はこのまま岡崎城へむかえば良いのです。いずれ駿河衆は城から立ち去りましょう」

「なるほど」

八郎五郎が陽気な声で元忠の言葉を受けた。

「つまりは、氏真への義理を立てて入城を拒みながら、ちゃっかり城はいただこうという訳ですな」

「棄ててある城を拾っても、誰も文句は言うまいて」

気さくな臣に、元康は笑って答える。すると八郎五郎は己の膝を思い切り叩いて、大声で笑い始めた。

「こりゃ、大した芝居だ。どうやら我等は殿を若いと思い侮《あなど》っておったようですな」

八郎五郎の言葉に老臣たちが苦い笑いを浮かべ、互いの顔を見合っている。

「儂は三河松平家の惣領じゃ。皆に甘えてばかりでは務まらぬ」

老いも若きも、この場に集う皆の顔に心からの笑みが宿った。

「この際じゃ。儂は名を変えようと思うておる」

「御名を変えられるのですか」

元忠の問いにうなずき、胸を張る。

「元康は、義元公の元の一字を戴いた名じゃ。今川家より離れ、己が足で歩むと決めた今、この名は不要ぞ」

元康の決意に、皆が息を呑む。

「松平家康。これよりは家康と名乗る」

「良き御名と存じまする」

元忠が頭を垂れると、皆が続いた。

この後、家康は駿河衆が去った岡崎城に入城した。六歳の折に今川家の人質として城を出てから、十三年の歳月を経ての帰還であった。

こうして、天下屈指の守護大名、今川義元が桶狭間の地で敗れた。

この一事は、彼を討った織田信長の名とともに天下を駈け巡る。信長という男が世に知られた最初の戦であった。

桶狭間での義元の死によって、松平家康は今川家の軛《くびき》を離れ、みずからの足で三河に寄って立つこととなる。この戦の一年後、家康は信長と同盟を結び、今川家と完全に縁を切った。

信長は西へ。家康は東へ。

桶狭間の地で義元が果て、後に天下に名を轟かす二人の男が立った。

こうして天下一統へと至る歯車は、緩やかに動き出し始めたのだった。

○主な参考文献

『新訂　信長公記』太田牛一著　桑田忠親校注　新人物往来社刊
『古典文庫　信長記　上下』小瀬甫庵撰　神郡周校注　現代思潮新社刊
『現代語訳　三河物語』大久保彦左衛門著　小林賢章訳　ちくま学芸文庫刊
『織田信長合戦全録　桶狭間から本能寺まで』谷口克広著　中公新書刊
『信長の戦争「信長公記」に見る戦国軍事学』藤本正行著　講談社学術文庫刊
『考証　織田信長事典』西ヶ谷恭弘著　東京堂出版刊
『ドキュメンタリー　織田信長』濵田昭生著　東洋出版刊
歴史新書y008『桶狭間の戦い　信長の決断・義元の誤算』藤本正行著　洋泉社刊
『桶狭間合戦の真相　中島砦発にして用意周到・機略に満ちた奇襲戦だった』渡辺文雄著　郁朋社刊
『現代軍事理論で読み解く「桶狭間の戦い」　元陸将が検証する、信長勝利への戦略』福山隆著　ワニブックスPLUS新書刊
『桶狭間　神軍・信長の戦略と実像』江畑英郷著　カナリア書房刊
『週刊　新説戦乱の日本史10　新説桶狭間の戦い』小学館刊

本書は文庫書下ろし作品です。

|著者|矢野 隆　1976年福岡県生まれ。2008年『蛇衆』で第21回小説すばる新人賞を受賞。その後、『無頼無頼《ぶらぶら》ッ！』『兇』『勝負《ガチ》！』など、ニューウェーブ時代小説と呼ばれる作品を手がける。また、『戦国BASARA3　伊達政宗の章』『NARUTO－ナルト－シカマル新伝』といった、ゲームやコミックのノベライズ作品も執筆して注目される。他の著書に『清正を破った男』『生きる故』『我が名は秀秋』『戦始末』『鬼神』『山よ奔《はし》れ』『大ぼら吹きの城』『朝嵐《あさあらし》』『至誠の残滓《ざんし》』『源匣記《げんこうき》 獲生《かくしょう》伝《でん》』『とんちき 耕書堂青春譜』『さみだれ』『戦神《いくさがみ》の裔《すえ》』などがある。

戦百景《いくさひゃっけい》　桶狭間《おけはざま》の戦《たたか》い

矢野《やの》 隆《たかし》

2021年11月16日第1刷発行

発行者――鈴木章一
発行所――株式会社　講談社
東京都文京区音羽2-12-21　〒112-8001
電話 出版（03）5395-3510
　　 販売（03）5395-5817
　　 業務（03）5395-3615

Printed in Japan

講談社文庫
定価はカバーに表示してあります

KODANSHA

デザイン―菊地信義
本文データ制作―講談社デジタル製作
印刷―――豊国印刷株式会社
製本―――株式会社国宝社

ISBN978-4-06-526071-5

講談社文庫刊行の辞

二十一世紀の到来を目睫に望みながら、われわれはいま、人類史上かつて例を見ない巨大な転換期をむかえようとしている。

世界も、日本も、激動の予兆に対する期待とおののきを内に蔵して、未知の時代に歩み入ろうとしている。このときにあたり、創業の人野間清治の「ナショナル・エデュケイター」への志を現代に甦らせようと意図して、われわれはここに古今の文芸作品はいうまでもなく、ひろく人文・社会・自然の諸科学から東西の名著を網羅する、新しい綜合文庫の発刊を決意した。

激動の転換期はまた断絶の時代である。われわれは戦後二十五年間の出版文化のありかたへの深い反省をこめて、この断絶の時代にあえて人間的な持続を求めようとする。いたずらに浮薄な商業主義のあだ花を追い求めることなく、長期にわたって良書に生命をあたえようとつとめるところにしか、今後の出版文化の真の繁栄はあり得ないと信じるからである。

同時にわれわれはこの綜合文庫の刊行を通じて、人文・社会・自然の諸科学が、結局人間の学にほかならないことを立証しようと願っている。かつて知識とは、「汝自身を知る」ことにつきていた。現代社会の瑣末な情報の氾濫のなかから、力強い知識の源泉を掘り起し、技術文明のただなかに、生きた人間の姿を復活させること。それこそわれわれの切なる希求である。

われわれは権威に盲従せず、俗流に媚びることなく、渾然一体となって日本の「草の根」をかたちづくる若く新しい世代の人々に、心をこめてこの新しい綜合文庫をおくり届けたい。それは知識の泉であるとともに感受性のふるさとであり、もっとも有機的に組織され、社会に開かれた万人のための大学をめざしている。大方の支援と協力を衷心より切望してやまない。

一九七一年七月

野間省一

講談社文芸文庫

吉本隆明

追悼私記　完全版

肉親、恩師、旧友、論敵、時代を彩った著名人——多様な死者に手向けられた言葉の数々は掌篇の人間論である。死との際会がもたらした痛切な実感が滲む五十一篇。

解説＝高橋源一郎

978-4-06-515363-5　よB9

吉本隆明

憂国の文学者たちに　60年安保・全共闘論集

戦後日本が経済成長を続けた時期に大きなうねりとなった反体制闘争を背景とする政治論集。個人に従属を強いるすべての権力にたいする批判は今こそ輝きを増す。

解説＝鹿島茂　年譜＝高橋忠義

978-4-06-526045-6　よB10

講談社文庫　目録

真山　仁　グリード〈ハゲタカⅣ〉(上)(下)
真山　仁　ハーディ〈ハゲタカ2・5〉(上)(下)
真山　仁　スパイラル〈ハゲタカ4・5〉
真山　仁　シンドローム〈ハゲタカ5〉(上)(下)
真山　仁　そして、星の輝く夜がくる
真梨幸子　孤《こ》虫《ちゅう》症《しょう》
真梨幸子　深く深く、砂に埋めて
真梨幸子　女ともだち
真梨幸子　えんじ色心中
真梨幸子　カンタベリー・テイルズ
真梨幸子　イヤミス短篇集
真梨幸子　人生相談。
真梨幸子　私が失敗した理由は
松本裕士　兄〈追憶のhide〉弟
円居　挽　丸太町ルヴォワール
円居　挽　烏丸ルヴォワール
円居　挽　今出川ルヴォワール
円居　挽　河原町ルヴォワール
円居　挽　原作　福本伸行　カイジ　ファイナルゲーム　小説版

松岡圭祐　探偵の探偵
松岡圭祐　探偵の探偵Ⅱ
松岡圭祐　探偵の探偵Ⅲ
松岡圭祐　探偵の探偵Ⅳ
松岡圭祐　水鏡推理
松岡圭祐　水鏡推理Ⅱ〈インパクトファクター〉
松岡圭祐　水鏡推理Ⅲ〈パレイドリア・フェイス〉
松岡圭祐　水鏡推理Ⅳ〈アノマリー〉
松岡圭祐　水鏡推理Ⅴ〈ニュークリアフュージョン〉
松岡圭祐　水鏡推理Ⅵ〈クロノスタシス〉
松岡圭祐　探偵の鑑定Ⅰ
松岡圭祐　探偵の鑑定Ⅱ
松岡圭祐　万能鑑定士Qの最終巻〈ムンクの〈叫び〉〉
松岡圭祐　黄砂の籠城(上)(下)
松岡圭祐　シャーロック・ホームズ対伊藤博文
松岡圭祐　八月十五日に吹く風
松岡圭祐　生きている理由
松岡圭祐　黄砂の進撃
松岡圭祐　瑕《か》疵《し》借り

松原　始　カラスの教科書
益田ミリ　五年前の忘れ物
益田ミリ　お茶の時間
マキタスポーツ　一億総ツッコミ時代〈決定版〉
丸山ゴンザレス　ダークツーリスト〈世界の混沌《カオス》を歩く〉
松田賢弥　したたか　総理大臣・菅義偉の野望と人生
三島由紀夫　TBSヴィンテージクラシックス編　告白　三島由紀夫未公開インタビュー
三浦綾子　ひつじが丘
三浦綾子　岩に立つ
三浦綾子　青い棘《とげ》
三浦綾子　イエス・キリストの生涯
三浦綾子　愛すること信ずること
三浦綾子　あのポプラの上が空〈新装版〉
三浦明博　滅びのモノクローム
三浦明博　五郎丸の生涯
宮尾登美子　新装版　天璋院篤姫(上)(下)
宮尾登美子　新装版　一絃の琴
宮尾登美子　東福門院和子《まさこ》の涙(上)(下)〈レジェンド歴史時代小説〉
皆川博子　クロコダイル路地

講談社文庫　目録

宮本　輝　骸骨ビルの庭(上)(下)
宮本　輝　新装版　二十歳《はたち》の火影《ほかげ》
宮本　輝　新装版　命の器
宮本　輝　新装版　避暑地の猫
宮本　輝　新装版　ここに地終わり　海始まる(上)(下)
宮本　輝　新装版　花の降る午後(上)(下)
宮本　輝　新装版　オレンジの壺(上)(下)
宮本　輝　にぎやかな天地(上)(下)
宮本　輝　新装版　朝の歓び(上)(下)
宮城谷昌光　侠骨記
宮城谷昌光　夏姫春秋(上)(下)
宮城谷昌光　花の歳月
宮城谷昌光　重耳《ちょうじ》(全三冊)
宮城谷昌光　介子推《かいしすい》
宮城谷昌光　孟嘗君　全五冊
宮城谷昌光　春秋の名君
宮城谷昌光　子産(上)(下)
宮城谷昌光　湖底の城〈呉越春秋〉一
宮城谷昌光　湖底の城〈呉越春秋〉二
宮城谷昌光　湖底の城〈呉越春秋〉三
宮城谷昌光　湖底の城〈呉越春秋〉四
宮城谷昌光　湖底の城〈呉越春秋〉五
宮城谷昌光　湖底の城〈呉越春秋〉六
宮城谷昌光　湖底の城〈呉越春秋〉七
宮城谷昌光　湖底の城〈呉越春秋〉八
宮城谷昌光　湖底の城〈呉越春秋〉九
水木しげる　コミック昭和史1〈関東大震災～満州事変〉
水木しげる　コミック昭和史2〈満州事変～日中全面戦争〉
水木しげる　コミック昭和史3〈日中全面戦争～太平洋戦争開始〉
水木しげる　コミック昭和史4〈太平洋戦争前半〉
水木しげる　コミック昭和史5〈太平洋戦争後半〉
水木しげる　コミック昭和史6〈終戦から朝鮮戦争〉
水木しげる　コミック昭和史7〈講和から復興〉
水木しげる　コミック昭和史8〈高度成長以降〉
水木しげる　総員玉砕せよ！
水木しげる　敗走記
水木しげる　白い旗
水木しげる　姑《クー》娘《ニャン》
水木しげる　決定版　日本妖怪大全〈妖怪・あの世・神様〉
水木しげる　ほんまにオレはアホやろか
宮部みゆき　新装版　震える岩〈霊験お初捕物控〉
宮部みゆき　新装版　天狗風〈霊験お初捕物控〉
宮部みゆき　ICO《イコ》―霧の城―(上)(下)
宮部みゆき　ぼんくら(上)(下)
宮部みゆき　新装版　日暮らし(上)(下)
宮部みゆき　おまえさん(上)(下)
宮部みゆき　小暮写眞館(上)(下)
宮部みゆき　ステップファザー・ステップ〈新装版〉
宮子あずさ　看護婦が見つめた人間が死ぬということ
宮子あずさ　看護婦が見つめた人間が病むということ
宮子あずさ　ナースコール
宮本昌孝　家康、死す(上)(下)
三津田信三　忌《い》館《かん》〈ホラー作家の棲む家〉
三津田信三　作者不詳〈ミステリ作家の読む本〉(上)(下)
三津田信三　蛇《じゃ》棺《かん》葬《そう》
三津田信三　百《ひゃく》蛇《じゃ》堂《どう》〈怪談作家の語る話〉
三津田信三　厭魅《まじもの》の如き憑くもの

三津田信三　凶鳥《まがとり》の如き忌むもの
三津田信三　首無《くびなし》の如き祟るもの
三津田信三　山魔《やまんま》の如き嗤《わら》うもの
三津田信三　水魑《みづち》の如き沈むもの
三津田信三　密室《ひめむろ》の如き籠《こも》るもの
三津田信三　生霊《いきだま》の如き重《だぶ》るもの
三津田信三　幽女《ゆうじょ》の如き怨むもの
三津田信三　碆霊《はえだま》の如き祀るもの
三津田信三　シェルター 終末の殺人
三津田信三　ついてくるもの
三津田信三　誰かの家
三津田信三　忌《い》物《ぶつ》堂《どう》鬼《き》談《だん》
道尾秀介　カラスの親指 〈by rule of CROW's thumb〉
道尾秀介　水の柩
深木《みき》章子《あきこ》　鬼畜の家
湊かなえ　リバース
宮内悠介　彼女がエスパーだったころ
宮内悠介　偶然の聖地
宮乃崎桜子《みやのさきさくらこ》　綺《き》羅《ら》の皇女《ひめみこ》(1)

宮乃崎桜子　綺羅の皇女(2)
三國青葉　損料屋見鬼《けんき》控え 1
三國青葉　損料屋見鬼控え 2
宮西真冬　誰かが見ている
宮西真冬　首の鎖
南杏子　希望のステージ
村上龍　愛と幻想のファシズム(上)(下)
村上龍　村上龍料理小説集
村上龍　村上龍映画小説集
村上龍　新装版限りなく透明に近いブルー
村上龍　新装版コインロッカー・ベイビーズ
村上龍　歌うクジラ(上)(下)
向田邦子　新装版 眠る盃
向田邦子　新装版 夜中の薔薇
村上春樹　風の歌を聴け
村上春樹　1973年のピンボール
村上春樹　羊をめぐる冒険(上)(下)
村上春樹　カンガルー日和
村上春樹　回転木馬のデッド・ヒート

村上春樹　ノルウェイの森(上)(下)
村上春樹　ダンス・ダンス・ダンス(上)(下)
村上春樹　遠い太鼓
村上春樹　国境の南、太陽の西
村上春樹　やがて哀しき外国語
村上春樹　アンダーグラウンド
村上春樹　スプートニクの恋人
村上春樹　アフターダーク
村上春樹 佐々木マキ絵　羊男のクリスマス
村上春樹 佐々木マキ絵　ふしぎな図書館
村上春樹 糸井重里　夢で会いましょう
村上春樹・文 安西水丸・絵　ふわふわ
U・K・ル＝グウィン 村上春樹訳　空飛び猫
U・K・ル＝グウィン 村上春樹訳　帰ってきた空飛び猫
U・K・ル＝グウィン 村上春樹訳　素晴らしいアレキサンダーと、空飛び猫たち
U・K・ル＝グウィン 村上春樹訳　空を駆けるジェーン
T・ファリッシュ著 B・ルート絵 村上春樹訳　ポテト・スープが大好きな猫
群ようこ　いいわけ劇場
村山由佳　天翔る

講談社文庫　目録

睦月影郎　密　通　妻
睦月影郎　快楽のリベンジ
睦月影郎　快楽ハラスメント
睦月影郎　快楽アクアリウム
向井万起男　渡る世間は「数字」だらけ
村田沙耶香　授　乳
村田沙耶香　マ　ウ　ス
村田沙耶香　星　が　吸　う　水
村田沙耶香　殺　人　出　産
村瀬秀信　気がつけばチェーン店ばかりで メシを食べている
村瀬秀信　それでも気がつけば チェーン店ばかりでメシを食べている
虫　眼　鏡　東海オンエアの動画が6.4倍楽しくなる本〈虫眼鏡の概要欄　クロニクル〉
室　積　光　ツボ押しの達人
室　積　光　ツボ押しの達人　下山編
森村誠一　悪　道
森村誠一　悪道　西国謀反
森村誠一　悪道　御三家の刺客
森村誠一　悪道　五右衛門の復讐
森村誠一　悪道　最後の密命

森村誠一　ねこの証明
毛利恒之　月　光　の　夏
森　博嗣　すべてがFになる〈THE PERFECT INSIDER〉
森　博嗣　冷たい密室と博士たち〈DOCTORS IN ISOLATED ROOM〉
森　博嗣　笑わない数学者〈MATHEMATICAL GOODBYE〉
森　博嗣　詩的私的ジャック〈JACK THE POETICAL PRIVATE〉
森　博嗣　封　印　再　度〈WHO INSIDE〉
森　博嗣　幻惑の死と使途〈ILLUSION ACTS LIKE MAGIC〉
森　博嗣　夏のレプリカ〈REPLACEABLE SUMMER〉
森　博嗣　今はもうない〈SWITCH BACK〉
森　博嗣　数奇にして模型〈NUMERICAL MODELS〉
森　博嗣　有限と微小のパン〈THE PERFECT OUTSIDER〉
森　博嗣　黒　猫　の　三　角〈Delta in the Darkness〉
森　博嗣　人形式モナリザ〈Shape of Things Human〉
森　博嗣　月は幽咽のデバイス〈The Sound Walks When the Moon Talks〉
森　博嗣　夢・出逢い・魔性〈You May Die in My Show〉
森　博嗣　魔　剣　天　翔〈Cockpit on knife Edge〉
森　博嗣　恋恋蓮歩の演習〈A Sea of Deceits〉
森　博嗣　六人の超音波科学者〈Six Supersonic Scientists〉

森　博嗣　捩れ屋敷の利鈍〈The Riddle in Torsional Nest〉
森　博嗣　朽ちる散る落ちる〈Rot off and Drop away〉
森　博嗣　赤　緑　黒　白〈Red Green Black and White〉
森　博嗣　四　季　春～冬
森　博嗣　φ《ファイ》は壊れたね〈PATH CONNECTED φ BROKE〉
森　博嗣　θ《シータ》は遊んでくれたよ〈ANOTHER PLAYMATE θ〉
森　博嗣　τ《タウ》になるまで待って〈PLEASE STAY UNTIL τ〉
森　博嗣　ε《イプシロン》に誓って〈SWEARING ON SOLEMN ε〉
森　博嗣　λ《ラムダ》に歯がない〈λ HAS NO TEETH〉
森　博嗣　η《イータ》なのに夢のよう〈DREAMILY IN SPITE OF η〉
森　博嗣　目薬α《アルファ》で殺菌します〈DISINFECTANT α FOR THE EYES〉
森　博嗣　ジグβ《ベータ》は神ですか〈JIG β KNOWS HEAVEN〉
森　博嗣　キウイγ《ガンマ》は時計仕掛け〈KIWI γ IN CLOCKWORK〉
森　博嗣　χ《カイ》の悲劇〈THE TRAGEDY OF χ〉
森　博嗣　ψ《プサイ》の悲劇〈THE TRAGEDY OF ψ〉
森　博嗣　イナイ×イナイ〈PEEKABOO〉
森　博嗣　キラレ×キラレ〈CUTTHROAT〉
森　博嗣　タカイ×タカイ〈CRUCIFIXION〉
森　博嗣　ムカシ×ムカシ〈REMINISCENCE〉

森　博嗣　サイタ×サイタ〈EXPLOSIVE〉
森　博嗣　ダマシ×ダマシ〈SWINDLER〉
森　博嗣　女王の百年密室〈GOD SAVE THE QUEEN〉
森　博嗣　迷宮百年の睡魔〈LABYRINTH IN ARM OF MORPHEUS〉
森　博嗣　赤目姫の潮解〈LADY SCARLET EYES AND HER DELIQUESCENCE〉
森　博嗣　まどろみ消去〈MISSING UNDER THE MISTLETOE〉
森　博嗣　地球儀のスライス〈A SLICE OF TERRESTRIAL GLOBE〉
森　博嗣　今夜はパラシュート博物館へ〈THE LAST DIVE TO PARACHUTE MUSEUM〉
森　博嗣　虚空の逆マトリクス〈INVERSE OF VOID MATRIX〉
森　博嗣　レタス・フライ〈Lettuce Fry〉
森　博嗣　僕は秋子に借りがある I'm in Debt to Akiko〈森博嗣自選短編集〉
森　博嗣　どちらかが魔女 Which is the Witch?〈森博嗣シリーズ短編集〉
森　博嗣　探偵伯爵と僕〈His name is Earl〉
森　博嗣　喜嶋先生の静かな世界〈The Silent World of Dr.Kishima〉
森　博嗣　実験的経験〈Experimental experience〉
森　博嗣　そして二人だけになった〈Until Death Do Us Part〉
森　博嗣　つぶやきのクリーム〈The cream of the notes〉
森　博嗣　つぼやきのテリーヌ〈The cream of the notes 2〉
森　博嗣　つぼねのカトリーヌ〈The cream of the notes 3〉

森　博嗣　ツンドラモンスーン〈The cream of the notes 4〉
森　博嗣　つぼみ茸《きのこ》ムース〈The cream of the notes 5〉
森　博嗣　つぶさにミルフィーユ〈The cream of the notes 6〉
森　博嗣　月夜のサラサーテ〈The cream of the notes 7〉
森　博嗣　つんつんブラザーズ〈The cream of the notes 8〉
森　博嗣　ツベルクリンムーチョ〈The cream of the notes 9〉
森　博嗣　100人の森博嗣〈100 MORI Hiroshies〉
森　博嗣　的を射る言葉〈Gathering the Pointed Wits〉
森　博嗣　カクレカラクリ〈An Automaton in Long Sleep〉
森　博嗣　DOG&DOLL
諸田玲子　其《そ》の一《いち》日《にち》
諸田玲子　森家の討ち入り
森　達也　「自分の子どもが殺されても同じことが言えるのか」と叫ぶ人に訊きたい
森　達也　すべての戦争は自衛から始まる
本谷有希子　腑抜けども、悲しみの愛を見せろ
本谷有希子　江利子と絶対〈本谷有希子文学大全集〉
本谷有希子　あの子の考えることは変
本谷有希子　嵐のピクニック
本谷有希子　自分を好きになる方法

本谷有希子　異類婚姻譚
本谷有希子　静かに、ねぇ、静かに
茂木健一郎　「赤毛のアン」に学ぶ幸福《しあわせ》になる方法
茂木健一郎 with ダイアログ・イン・ザ・ダーク　まっくらな中での対話
森川智喜　キャットフード
森川智喜　スノーホワイト
森川智喜　一つ屋根の下の探偵たち
森林原人　セックス幸福論〈偏差値78のAV男優が考える〉
桃戸ハル編・著　5分後に意外な結末〈ベスト・セレクション〉
桃戸ハル編・著　5分後に意外な結末〈ベスト・セレクション　黒の巻・白の巻〉
桃戸ハル編・著　5分後に意外な結末〈ベスト・セレクション　心震える赤の巻〉
森　功　高倉健〈隠し続けた七つの顔と「謎の養女」〉
山田風太郎　甲賀忍法帖〈山田風太郎忍法帖①〉
山田風太郎　伊賀忍法帖〈山田風太郎忍法帖③〉
山田風太郎　忍法八犬伝〈山田風太郎忍法帖④〉
山田風太郎　風来忍法帖〈山田風太郎忍法帖⑪〉
山田風太郎　新装版 戦中派不戦日記
山田正紀　大江戸ミッション・インポッシブル〈顔役を消せ〉
山田正紀　大江戸ミッション・インポッシブル〈幽霊船を奪え〉

講談社文庫　目録

2021年9月15日現在